वैधानिक गल्प

[उपन्यास]

चन्दन पाण्डेय

वैधानिक गल्प

राजकमल प्रकाशन

ISBN : 978-93-89577-53-2

मूल्य : ₹395

पहला संस्करण : 2020

प्रकाशक : राजकमल प्रकाशन प्रा. लि.
1-बी, नेताजी सुभाष मार्ग, दरियागंज
नई दिल्ली-110 002
शाखाएँ : अशोक राजपथ, साइंस कॉलेज के सामने, पटना-800 006
पहली मंजिल, दरबारी बिल्डिंग, महात्मा गांधी मार्ग, इलाहाबाद-211 001
36 ए, शेक्सपियर सरणी, कोलकाता-700 017
वेबसाइट : www.rajkamalprakashan.com
ई-मेल : info@rajkamalprakashan.com

मुद्रक : यश प्रिंटोग्राफिक्स
नोएडा-201 301 (उत्तर प्रदेश)

VAIDHANIK GALP
Novel by Chandan Pandey

श्रुति के लिए
जिनसे हमारा *वैभव* है

वैधानिक गल्प में जो कुछ भी है काल्पनिक है। जो काल्पनिक है वह तो काल्पनिक है ही लेकिन जो सच है वह भी काल्पनिक है। व्यक्ति, कथा, शहर, घटनाएँ अगर कहीं आपको सच लगती प्रतीत होती हैं तो उसे कल्पना-दोष मानकर आगे बढ़ें।

घिर गया है समय का रथ कहीं—शमशेर की कविता-पंक्ति सन्दर्भ की तरह नहीं, बिसर गए किसी मित्र की तरह याद आ रही है।

(27 अगस्त, 2015—रफ़ीक़ की डायरी)

ग्यारह के आसपास का कोई वक़्त रहा होगा जब मोहम्मद रफ़ी के सिद्ध-स्वर में रिंगटोन बजता सुनाई दिया, 'मुझे अपनी शरण में ले लो राम'। फ़ोन अर्चना के पास था। मैं लिखने के अपने दफ़्तर में था। उस किताब को उलट-पलट रहा था जो न जाने कितने वर्षों तक पुस्तकालय की अलमारी में खोई रही और आज अचानक मिली थी। इस किताब की याद आती थी और आज जब यह मिली तब अपनी पढ़त को याद करते हुए समझना चाह रहा था कि सारे निशान, पंक्तियों के नीचे खिंची सभी लकीरें किस सन्दर्भ में रही होंगी? वे पंक्तियाँ अब भी लुभावनी लग रही थीं लेकिन मैं यह याद करना चाहता था कि जब इन्हें रेखांकित किया होगा उस समय मन में क्या ख़याल रहे होंगे। कुछेक पंक्तियों के बगल में विस्मयबोध के चिह्न भी उकेरे थे। किनारों की चौतरफ़ा ख़ाली जगह मेरी लिखावट से भरी हुई थी। कुछ याद न आता देख उस किताब को नए सिरे से पढ़ना शुरू करने वाला था और आत्मसात करने के लिए इस बार नोट्स लेते हुए पढ़ना था।

अर्चना मेज़ और रोशनी के बीच खड़ी हो गई तब एहसास हुआ कि फ़ोन लेकर आई है।

'आप अर्जुन कुमार बोल रहे हैं?'

आवाज़ में हरियाणवी त्वरा थी। उस त्वरा के पीछे मुझे घबराहट का आभास हुआ। जैसे कुछ कह गुज़रने की बदहवासी हो। 'जी। आप?' अर्चना सामने खड़ी थी। रात के सन्नाटे में फ़ोन की आवाज़ छनकर बाहर आ रही थी। एक स्त्री की आवाज़, जिसे अर्चना भी सुन रही थी। उधर से आवाज़ आई, 'जी, मैं अनसूया।' बोलने को तो मैं बोल गया 'कौन अनसूया' लेकिन

जैसे अपनी ही कटी पतंग की डोर अपने हाथ आ जाए वैसे याद आया, 'अरे!' अर्चना मेरे चेहरे पर मची हलचल देख रही थी। 'तुम!' ज़रा देर की चुप्पी के बाद मैंने पूछा, 'कैसे याद किया?'

फ़ोन के इधर जो मैं समझ पाया कि उसे नहीं भूला हूँ इस भावना ने उसे तसल्ली बख़्शी होगी। शायद इसलिए ही उसने अगले वाक्य से आप का सम्बोधन हटा लिया था, 'तुम्हीं लेखक अर्जुन कुमार हो न?'

'हाँ, अगर कोई लेखक मानता हो तो।' मुझे इलहाम नहीं था कि यह वाक्य मैंने अनसूया के लिए कहा या सामने खड़ी अपनी पत्नी के लिए या उस दुनिया के लिए जिनका भाषा पर बेनामी क़ब्ज़ा था। यह तो फिर भी बड़ा प्रश्न था, फ़िलवक़्त तो यह भी समझ नहीं आ रहा था कि यह फ़ोन क्यों आया और इतनी रात में कैसे आया?

'वर्षों पहले एक अख़बार में, शायद जागृति अख़बार में तुम्हारी कहानी पढ़ी थी, उसी में यह नम्बर था।'

'वह पाँचेक वर्ष पहले छपी थी,' मुझे संकोच भी हुआ कि कहीं उसने महज़ वही कहानी पढ़ रखी हो तब मेरी कैसी छवि इसके मन में बनी होगी। उसकी चुप्पी से लगा वह रो रही है। अर्चना वहीं खड़ी थी, शेल्फ निहारती हुई।

'अर्जुन, मेरे पति कल सुबह से घर नहीं आए।'

बता दूँ कि यह वाक्य मैंने पूरा किया है वरना 'सुबह' शब्द तक आते-आते वह फफक पड़ी थी। फ़ोन से बाहर फैलती उसकी रुलाई सुनकर अर्चना ने फ़ोन को स्पीकर मोड पर डालने का इशारा किया।

'कैसी बात कर रही हो?' पूछने को तो मैंने पूछ लिया था लेकिन अपने उस बेतुके प्रश्न पर मुझे चिढ़ हुई। वह अपनी हक़ीक़त बता रही थी।

'सुबह से दो बार थाने तक जा चुकी हूँ, कोई कुछ बता नहीं रहा।' यहाँ वो रुकी, जैसे गला भर जाने पर हम-आप रुकते हैं। लम्बी एक साँस लेने की आवाज़ आई, फिर कहने लगी, 'अभी तीन पुलिसवाले घर पर आ गए थे, मकानमालिक ने मिन्नतें कर उन्हें वापस भेजा, खाना-तलाशी के नाम पर दो बार पहले भी आए थे और पूरा घर छान मारा है।'

'कहाँ हो तुम?'

कितना अजीब था यह प्रश्न। जिसके साथ आपने जीवन का एक लम्बा वक़्फ़ा गुज़ारा हो, कुछ समय के बाद उसके होने न होने का पता भी नहीं चलता।

'नोमा,' वह बोली लेकिन उसे लगा होगा कि नोमा मैं जानता नहीं इसलिए उसने कहा, 'सलेमपुर' फिर कहा, 'देवरिया'। यह कहकर भी वह शायद मुतमईन न हुई हो इसलिए जोड़ा, 'गोरखपुर के पास है।'

'वे आ जाएँगे, तुम किसी दोस्त के घर चली जाओ, सुबह तक इन्तज़ार कर लो।' पूछने की इच्छा हुई कि क्या तुम्हारा पति नशा वग़ैरह करता था? लेकिन पूछने का साहस नहीं कर पाया। ऐसे सवाल घाव की तरह लगते हैं। अगर नशा करता हो तो भी और न करता हो तो भी। दोनों ही स्थितियों में यह प्रश्न मारक हो सकता था।

'पुलिस प्रशासन में कोई मेरी सुन नहीं रहा,' वह फिर रोने लगी। लेकिन इस बार उसकी रुलाई से यह दफ़्तरनुमा मेरा कमरा गूँज रहा था। मेरे पास इस रुलाई के लिए एक ही शब्द था, फेंकरना। ऐसी रुलाई जिसमें सबसे पहले आप अपने आप को भूलते हैं।

'सुबह तक इन्तज़ार कर लो,' यह मैंने दो बार कहा।

'तुम समझ नहीं रहे, अर्जुन। बहुत मुश्किल में हूँ। मैं ऐसे किसी व्यक्ति को नहीं जानती जिसकी पुलिस में पैरवी चले, ये लोग गुमशुदगी तक की रपट नहीं लिख रहे', और फ़ोन कट गया।

*

फ़ोन कटा तब एहसास हुआ, ऐसे वाक्यों से मेरा सामना अब बिरला ही होता है कि 'तुम समझ नहीं रहे' या 'समझने की कोशिश करो।' इन वाक्यांशों के बाद अमूमन मैं चुप हो जाया करता हूँ। समझने की रही-सही कोशिश छोड़ देता हूँ।

अर्चना के ज़ेहन में कुछ दूसरा ही चल रहा होगा। हम दोनों चुप रहे। थोड़ी देर के बाद भी चुप्पी ज्यों की त्यों रही लेकिन अब हम दोनों एक-दूसरे को देखते हुए चुप थे। मैंने ही पूछा, 'क्या कहती हो?' इस प्रश्न को मैंने सन्नाटे के क्रम को भंग करने के लिहाज से उछाला था। उसका मंतव्य जानना

ध्येय नहीं था लेकिन उसने छूटते ही कहा, 'तुम्हें जाना चाहिए।' यह भी कहा, 'भइया से बात करती हूँ।'

*

कोई बावला ही होगा जो नातेदारों के घर वापस न लौटने पर परेशान न हो। अपने पति के यकायक विलोप से घबरा न जाए। अनसूया की परेशानी खिड़की से बाहर पसरे अँधेरे की तरह स्पष्ट हो रही थी और हम महज़ परिचित भी नहीं थे। मुझे उसकी फ़िक्र हो रही थी लेकिन किसी दूसरे की मदद के लिए घर से बाहर जाने का विचार कभी नहीं आता था, इसलिए अब भी यह बात गले नहीं उतर रही थी कि मुझे जाना चाहिए। ख़ुद मुझे भी नहीं याद आ रहा था कि पिछली बार मैंने कब किसी की ऐसी सहायता की होगी जिसमें मेरा समय लगा हो या ऊर्जा लगी हो। मदद मेरे तईं अब महज़ चन्दे तक सीमित रह गई थी।

अर्चना ने इस बीच मोबाइल का स्क्रीन मुझे दिखाया। मेकमाइट्रिप का ऐप खुला हुआ था। वह एअर-इंडिया का एक जहाज़ दिखा रहा था। अर्चना ने बताया, 'सुबह सवा पाँच बजे हैं। डेढ़ घंटे में गोरखपुर उतार देगा।'

इतना बताकर वह कमरे की तरफ़ घूम गई। मैं जहाज़नुमा इस फ़ैलसूफ़ी के पक्ष में क़तई न था। अगर जाऊँ तो भी रेलगाड़ी से जाऊँगा। किन्तु कुछ दूर आगे जाकर अर्चना ने फ़ैसलाकुन अन्दाज़ में कहा, 'रेलगाड़ियाँ कल की हैं और टिकट मिलना असम्भव है।'

*

दोनों ही बातें थीं।

मैं जानता था कि नोमा नामक यह क़स्बा कहाँ है और दूसरी बात यह कि इसी अनसूया की वजह से कुछ वर्षों पहले अर्चना और मेरे बीच दस-बारह दिनों चलने वाला बेहद की हद तक झगड़ा हुआ था। हमारे दरमियान तलाक़ शब्द का ज़िक्र पहली बार उसी झगड़े में आया था, बाद के दिनों में कई मर्तबा

मैंने ख़ुद को यह सोचते हुए पकड़ा, क्या हमारे बीच तलाक़ भी सम्भव है?

पुरानी अलमारियों के रखरखाव जैसा कोई मामला था। अब यह भी याद नहीं कि अलमारी की जगह को लेकर बात हो रही थी या किताबें सजाने के क्रम को लेकर लेकिन हुआ यह कि अश्वमेध यज्ञ वाले गुटके में से एक तस्वीर गिर पड़ी। तस्वीर वर्षों पहले की थी। एक लड़की अपनी नीली-सफ़ेद कॉलेज ड्रेस में है, बाएँ पैर के पंजे पर ऊपर की ओर उड़ने के अन्दाज़ में खड़ी है, दाहिना पैर अलबत्ता मुड़ा हुआ है, इतना मुड़ा है कि जूती का पिछला हिस्सा उसके नितम्ब छू रहा है और यह जो ऊपर की ओर उड़ने का उसका अन्दाज़ है, उसमें उसके होंठ चुम्बन के लिए ऊपर उठे हुए हैं। एक लड़का है जो सामने देख रहा है, बाएँ कन्धे को जरा झुकाए वो हँस रहा है, दोनों कैमरा देख रहे हैं।

उसने पूछा था, 'ये कौन है?'

'मैं हूँ।'

'इतनी पहचान मुझे भी है। बगल में जो मोहतरमा खड़ी हैं, उनके बारे में बताओ?'

मुझे नाम याद नहीं आ रहा था। जब सारा मामला बिगड़ गया तब नाम याद आया था और जब सुलह हुई यानी दस-बारह दिनों बाद जब हम लोग शाम की चाय पी रहे थे। मैंने उससे बस एक ही शब्द कहा था, 'अनसूया।' ऐसा कई बार हुआ कि दूसरी लड़कियों का ज़िक्र कई बार हमारे बीच आया लेकिन उस झगड़े का हम पर जो असर पड़ा था उसकी वजह से अनसूया का ज़िक्र हमारे बीच कभी नहीं आया।

उस वक़्त अर्चना की असल नाराज़गी जो भी रही हो, ज़ाहिर में यही थी कि तुमने इस लड़की के बारे में कभी बताया नहीं। मैं इस हमले के लिए तैयार नहीं था। तस्वीर और पत्र रखे रहने की बीमारी ही मुझे अजीब लगती है लेकिन मुझे यह बीमारी है। दूसरे, अगर तस्वीर मिल भी गई तो कौन सा आसमान टूट पड़ा? हर पल सावधान रहना होता तब किसी भी मित्र का नाम बता देता जिसका ज़िक्र हमारे बीच हो चुका हो।

मैं कुछ दूसरा विचारता उससे पहले ही अर्चना नमूदार हुई, 'अनसूया को फ़ोन मिलाओ, उसे बताओ, तुम आ रहे हो, वह परेशान होगी।' फिर

एक ज़रा ठहरकर शान्त स्वर में कहा, 'तुम्हें एतराज न हो तो मैं उससे बात करूँ।' मैं समझ गया कि मोहतरमा के मन-मस्तिष्क में अन्यान्य ही कोई विचार सक्रिय है। उनके मन में हो न हो यह चल रहा था कि विगत की उस घटना के कारण मैं अनसूया से दूरी बरत रहा हूँ। असलियत यह थी कि मैं नोमा जाना नहीं चाहता था। यह अपने आप में अजीबोग़रीब है, आप अचानक एक दिन फ़ोन करें और बुलाने लगें। यात्राओं से मैं घबराता हूँ यह अर्चना जानती थी।

देवरिया मेरे ज़ेहन में दो-तीन वाक़यों के कारण बसा रह गया था। पहली देवरहवा बाबा की कथा थी जिनसे मेरे पिताजी प्रभावित रहे। उसी बाबा के नाम पर देवरिया नाम पड़ा था ऐसा लोग कहते हैं, ऐसा मेरे पिताजी कहते रहे हैं। दूसरे, पिछले दिनों एक ख़बर बड़ी चर्चा में रही थी कि देवरिया के किसी क़स्बे में हमलावर भीड़ से प्रेमी युगल को किसी पुलिसवाले ने बचाया था। तीसरी और मुख्य वजह यह थी कि जिन राजनीतिज्ञों पर मैं अपनी कहानी लिख रहा था उनमें देवरिया ज़िले के एक विधानसभा क्षेत्र का विधायक अंजन अग्रवाल भी था जिसने फरार रहते हुए विधायकी का चुनाव जीत लिया था। पुलिस और नेताओं का गठजोड़ हमेशा आकर्षित करता है। इस मामले में पुलिस की यह लाचारी बेहद मज़ेदार लग रही थी कि एक जघन्य अपराधी को वे, जो भगोड़ा था, नामांकन के दिन भी गिरफ़्तार नहीं कर पाए थे। अगर कल सुबह जाना ही पड़ा तब उस विधायक से या उसके लोगों से मिलने की कोशिश करूँगा।

जब तक अर्चना टिकट वग़ैरह बनाती तब तक मैं विलोप के लिए मौजूद विभिन्न संज्ञाओं से देवरिया, नोमा या गोरखपुर की ख़बरों को 'गूगल' करता रहा। ज़्यादातर ख़बर इस विधायक अंजन अग्रवाल या उसके व्यवसायों की थी। नोमा नामक क़स्बे की दो-एक ख़बरें किसी 'डीम्ड' विश्वविद्यालय से सम्बन्धित थीं। इन्हें देखकर लगता था कि विज्ञापनों को ख़बर की शक्लोसूरत दे दी गई है। एक ख़बर नोमा नगर में केन्द्रीय मंत्री के आगमन से सम्बन्धित थी। वो नोमा के प्रसिद्ध दोल मेले का उद्घाटन करने वाले थे। बाक़ी ख़बरों से यह ख़बर इस मायने में विलग थी कि इसमें तस्वीरों की भरमार थी। विभिन्न अख़बारों की वेबसाइट खँगालता रहा। कुछ भी ऐसा नहीं दिख रहा था जिसमें

किसी गुमशुदगी की ख़बर हो। जब कुछ नहीं मिला तब याद आया कि अनसूया के पति का नाम पूछ लेना चाहिए था।

*

जहाज़ पकड़ने के हड़बोंग और इससे उपजी बेचैनी के आलम में एक ग़लती कर बैठा था।

सुबहदम गुड़गाँव से हवाई-अड्डे आना कठिन काम होने लगा है। हरियाणा सरकार ने सड़क-शुल्क इस क़दर बढ़ा दिए हैं कि हरियाणा नम्बर-प्लेट की गाड़ी गुड़गाँव सीमा से बाहर नहीं निकलना चाहती और दिल्ली तथा उत्तर प्रदेश नम्बर-प्लेट वाली गाड़ियाँ गुड़गाँव नहीं आना चाहतीं। इस वजह से अगर उबर या ओला ने दो बार गाड़ियों की बुकिंग ख़ारिज कर दी तब समझो जहाज़ छूटने का ख़तरा सामने मँडरा रहा है।

आज भी यही हुआ। वह मुश्किल ही क्या जो मुझे न पेश आए।

तुरत-फुरत तय हुआ कि अर्चना ही हवाई-अड्डे तक छोड़ने चले। पच्चीस से तीस मिनट का रास्ता हम दोनों ने ख़ामोशी के अँधेरे में काटा। उसने एक ज़िक्र भर किया कि दिन में वह रवि भइया से बात करेगी।

यह मेरी दुखती रग थी। अर्चना के बड़े भइया गृह मंत्रालय में रोबीली पदवी पर थे। मुझे नापसन्द करते थे। ऐसा कई बार हुआ होगा कि किसी मामूली सी बात पर या बहस में हम आमने-सामने हो गए हों। वे मुझे पसन्द नहीं करते थे और यह ज़ाहिर करते रहने में उन्हें कोई हर्ज नहीं दिखता था। मैं भी उन्हें कम पसन्द करता था लेकिन घनघोर असफलताओं ने मुझे इस लायक़ छोड़ा नहीं था कि अपनी नापसन्दगी ज़ाहिर करूँ। अलबत्ता उनके एहसान बहुत थे। अर्चना ने तो अपने दम पर पाई थी लेकिन मेरी नौकरी उन्हीं की लगवाई हुई थी। उन दिनों, सात-आठ वर्ष पहले की बात है, हमारी शादी नई-नई थी, मेरी कविताएँ उन्हें पसन्द थीं ऐसा वो कहते थे और उन्हें उम्मीद थी कि अगर उनकी बहन ने मुझे पसन्द किया है तब मुझमें कुछ न कुछ बात ज़रूर होगी लेकिन समय के साथ मैं पिछड़ता गया।

हवाई-अड्डे पर मुझे छोड़ते हुए जब अर्चना ने वही बात दुहराई कि रवि

भइया से बात करेगी तब मेरी समझ में आया कि इससे पहले जब उसने कहा था तब वह मेरी सहमति चाह रही थी लेकिन अब वह मुझे सूचित कर रही थी। उसने यह भी कहा, 'शाम के जहाज़ या कल सुबह के जहाज़ से वापस हो लेना। अगर अनसूया दिक़्क़त में हो तो उसे भी लेते आना। वहाँ जाकर जो स्थिति बताओगे उसके हिसाब से टिकट बना दूँगी।'

मैं इस ख़याल में डूबता-सा रह गया कि रोशनी के दायरों में जो दूरियाँ हमने आपस में खींच ली हैं अगर वे दूरियाँ न होतीं तो आज यहीं, हवाई-अड्डे पर उसे गले लगा लेता। लेकिन दूरियों ने यह बहाना मुहैया कराया कि पार्किंग नहीं है इसलिए अगर वह गाड़ी से उतरती है तो चालान कट सकता है।

यों भी मेरे ख़यालों की रफ़्तार इतनी कम थी कि जब मैं तन्द्रा से वापस लौटा तब अपनी कार वापस जाती दिख रही थी।

*

ग़लती मुझसे यह नहीं हुई थी कि मैंने अपनी पत्नी को गले नहीं लगाया था। ग़लती यह हुई कि मैंने अनसूया से उसके पति का नाम मैसेज में पूछ लिया था। बोर्डिंग करते हुए मैंने उसे एक सन्देश भेज दिया था, 'क्या नाम था तुम्हारे पति का?'

यह सन्देश भेजने के कारण या हवाईजहाज़ तक समय से पहुँच जाने से जो राहत पहुँची उस वजह से, जाने कैसे, बेख़यालीनुमा एक ख़याल आया कि काश कुछ परिचित वहाँ देवरिया, गोरखपुर, सलेमपुर या नोमा में मिल जाएँ। जब दो पंक्तियों की सूचना फेसबुक और ट्विटर हैंडल पर डालने का विचार आया तब भाषा ने अनबूझी एक अड़चन खड़ी कर दी।

भाषा हमें किस क़दर लाचार कर देती है यह भाषा में ही बताया जाना सम्भव है। कभी-कभी, लाचारी के किसी गाढ़े वक़्त में, भाषा आपका साथ छोड़ दूर जा खड़ी होती है। आप चुप हो जाते हैं। मैं लिखता भी तो क्या लिखता। यह कि मेरी भूतपूर्व प्रेमिका का पति तीन दिनों से घर नहीं लौटा है। या यह कि जिस अभूतपूर्व स्त्री को मैंने सरेराह छोड़ दिया था उसका पति लापता है। क्या लिखता।

अगर अर्चना हक़ीक़त से बावस्ता न होती तब शायद झूठ लिख सकता था लेकिन किसी अपने, सगे के जानते हुए में झूठ बोलना शर्मसारी का आलम बन जाता है। इसलिए 'ट्रैवलिंग टू' में नोमा को नक़्शे पर ट्रैक कर देर तक सोचता रहा, फिर अर्चना की हँसी का ख़याल छोड़कर यह लिखा, 'हमारे पारिवारिक मित्र पिछले तीन दिनों से घर नहीं लौटे। वे नोमा नामक जगह के रहनवारी हैं जो देवरिया या गोरखपुर के आसपास है। मेरी मित्र सूची में कोई इन जगहों या इनके नज़दीक का रहने वाला हो तो सम्पर्क करे। मैं वहीं जा रहा हूँ।'

फेसबुक और ट्विटर हैंडल पर इसे लिखने के बाद देर तक दुहरा-दुहरा कर पढ़ता रहा। अपने नहीं, अर्चना के अन्दाज़ में। वह दोपहर को फेसबुक पर होती है। जब वो इस स्टेटस को पढ़ेगी तब कैसे हँसेगी। जब मुझसे बात करेगी तब इस स्टेटस के बारे में कैसे बात करेगी। पारिवारिक मित्र के नाम पर मेरा मज़ाक़ उड़ाएगी। इसलिए अर्चना की निगाह से पढ़ता रहा। इस पढ़ने के क्रम में मुझे अपनी ग़लती का एहसास हुआ।

जब जहाज़ उड़ने वाला था तब अनसूया को भेजे सन्देश का 'था' मुझे कील की तरह चुभा। अगर आत्मा में ख़ून होता हो तो उसका फौवारा फूट पड़ता। बीती रात से यह पहला अवसर था जब मुझे अनसूया की फ़िक्र हुई। उसकी याद आई। क्या नाम था तुम्हारे पति का। 'था' लिखने वाला मैं होता कौन हूँ? मैंने दूसरी ग़लती यह की कि अनजाने में ग़लती का एहसास करवाया। मैंने सितारे के चिह्न के साथ 'है' लिखकर भेज दिया। तीसरी ग़लती यह थी कि इन सबको सुधारते हुए लिखा, क्या नाम है तुम्हारे पति का? जब तक जवाब आता तब तक एअर होस्टेस ने फ़ोन बन्द करने की सूचना प्रसारित कर दी थी। मैंने देखा कि जहाज़ में कई लोग खिड़की से बाहर के आसमान की, अपनी, साथियों के फ़ोटो निकाले जा रहे थे। मैंने देखा कि एक बुज़ुर्ग महिला फ़ोन पर किसी से ज़ोर-ज़ोर से बता रही थी कि उनको लेने आ जाना। मैंने यह भी देखा कि एअर होस्टेसेस हर सीट तक जा-जा कर लोगों से फ़ोन बन्द करने का अनुरोध कर रही थीं। मैंने यह नहीं देखा कि इन तीन सन्देशों को अनसूया कैसे पढ़ेगी।

*

जहाज़ के उतरते ही मैंने फ़ोन चालू किया। दो सन्देश, एक पर एक, आए।

'भैया तुमसे बात करेंगे, मुझ पर बिगड़ रहे थे। जैसा होगा, बताना।'

'रफ़ीक़ नील।'

*

वो स्टीयरिंग पर पैर रखे सो रहा था। नीले कुरते और पाजामे में था। कार में सोने के कारण पहलेपहल वो लम्बाई में छोटा लगा था। जब कार से बाहर आया तब उसकी ऊँचाई का पता चला। साढ़े छह फीट से कम क्या रहा होगा। पूछा, 'नोमा चलोगे?'

'अट्ठाईस सौ।'

'आना-जाना दोनों।'

'रुकना भी है?'

'बहुत हुआ तो कल तक।'

इस बेतरतीब वाक्य पर उसने मुझे ग़ौर से देखा, 'हर दिन के तीन हज़ार, टोल टैक्स आपको देने होंगे।'

'मर्ज़ी तुम्हारी।'

उसने अपना नाम सहदेव बताया और सामान रखवाने में मदद की। जब चलने को तैयार हो गया तब स्टीयरिंग को प्रणाम करते हुए चाभी घुमाई। कुछ देर इंजन चालू ही छोड़े रखा और सरसरी निगाह से अख़बार पलटने लगा। 'दैनिक जागृति यहाँ भी चल रही है', ऊँची आवाज़ में बोलते हुए यह मैं था। उसने बिना देखे मेरी तरफ़ अख़बार बढ़ा दिया।

अपनी आदत अख़बार को पीछे से पढ़ने की रही आई। वही-वही सरकारी ख़बरें थीं। खेल का पन्ना छोड़ दें तब शायद ही कोई ख़बर ऐसी थी जिसका अन्दाज़ा आपको पहले से ही न हो। सम्पादकीय नहीं था, उसकी जगह आरोग्य-दर्शन छपा था। चौथा पन्ना देवरिया जागृति के नाम से था। इसमें पाँच हिस्से थे। ऊपर लिखा था, रुद्रपुर और आसपास, जिसमें पेट्रोल पम्प पर लगी आग का ज़िक्र था जिसे समय रहते बुझा दिया था। बीच का हिस्सा बरहज और आसपास था।

इस बीच फ़ोन की घंटी बजी। ये दिखा कि 'रवि भइया कॉलिंग' लिखा है लेकिन नज़र अख़बार के उस पन्ने की अभ्यस्त हो गई थी। फ़ोन उठाते हुए, 'हलो भइया, प्रणाम' कहते हुए, उनका आशीर्वाद सुनते हुए, बात शुरू करते हुए अख़बारी पन्ने में नीचे के दो हिस्सों पर ध्यान गया। बाईं तरफ़ और दाईं तरफ़ क्रमश: 'तमकुही और आसपास' तथा 'सलेमपुर और आसपास' लिखा था।

भइया झिड़क रहे थे। अगली फ्लाइट से वापस लौटने की बात कर रहे थे।

मैंने कहा, 'बिलकुल, भइया।'

अख़बार में सलेमपुर और आसपास वाले खंड में पाँच ख़बरें थीं। एक ख़बर रंगीन चित्रों के साथ बीच में थी। देखकर ही लग रहा था मुख्य ख़बर है। शीर्षक 'नोमा के दोल मेले की तैयारियाँ ज़ोर पर'। दो चित्र थे। पहला चित्र जिसे बड़ी जगह हासिल हुई थी, उसमें एक ख़ाली मैदान दिख रहा था। दूसरा चित्र किसी बैठक का लग रहा था, नीचे लिखा था, मेले की तैयारियों का जायज़ा लेते अधिकारी और इनसेट में मेला समिति के चेयरमैन एस.पी. मालवीय (दद्दा) की तस्वीर थी। दाहिने किनारे पर दोल मेले के उद्घाटन के लिए आ रहे केन्द्रीय मंत्री के स्वागत हेतु एक विज्ञापन था जिसका सौजन्य मंगल मोर्चा को प्रेषित किया गया था। किनारे में एक ख़बर थी, छात्रा लापता। शीर्षक के नीचे पासपोर्ट आकार की धुँधली एक तस्वीर थी, बावजूद इसके जो समझ आ रहा था वह यह कि उसका ललाट चौड़ा था, नाक सीधी, आँखों के नीचे एक निशान था, चेहरे का रंग इस सफ़ेद-स्याह पन्ने पर स्पष्ट नहीं लेकिन चेहरे का पानी समझ में आ रहा था।

नोमा, दिनांक तीन अगस्त : स्वामी हरदेवानन्द महाविद्यालय की छात्रा जानकी दुबे पिछले दो दिनों से घर नहीं लौटी है। गत शनिवार को कॉलेज के लिए निकली थी। शाम को जब उसके आने में देरी हुई तो उसके पिता कॉलेज गए। वहाँ छात्रों से पता चला कि वह कॉलेज आई ही नहीं थी।

भइया ने फ़ोन मालती भाभी को दे दिया था। उनके पास भी हिदायतों की सूची थी। असफलताएँ खूब सारे अभिभावक भी देती हैं। मैंने फ़ोन म्यूट पर डालकर किनारे कर दिया। बोलते रहिए। सहदेव से पूछा, 'नोमा अभी कितनी दूर है?' उसने कहा, 'बहुत दूर,' फिर फिक्क से हँसते हुए कहा, 'सत्तर किलोमीटर।' उससे आग्रह किया कि कार की खिड़की खोल दे।

एक बहुत बड़ा जंगल शुरू हो चुका था। चारों तरफ़ सागौन के पेड़ थे और बीच में यह काली सड़क चल रही थी। सूरज अभी ताव में नहीं था इसलिए इन पेड़ों की परछाइयाँ लम्बी बन रही थीं और इस नाते एक पर एक परछाईं तेज़ दर तेज़ गुज़र रही थी। बीच-बीच में सड़क से जंगल के भीतर फूटती पगडंडियाँ दीखतीं तब आभास होता कि यहाँ आबादी भी सम्भव है। ड्राइवर ने बिना पूछे बताया, 'कुसमी का जंगल है, एक समय यह जंगल यहाँ से आसाम तक फैला हुआ था लेकिन अब सिमट गया है।'

मैं इस जंगल को जानता था। पढ़ रखा था कि पहले यह आसाम तक नहीं फैला था। किसी ज़माने में यह नेपाल तक फैला हुआ था।

बाँसुरी से निकली एक सुरीली धुन थी जो कॉलर ट्यून में बज रही थी। पूरी धुन बज गई लेकिन फ़ोन नहीं उठा। दुबारा मिलाया। फिर भी फ़ोन नहीं उठा। यह जाँचने के लिए एक पल को ठहरा कि कल जिस नम्बर से फ़ोन आया था, वही नम्बर मिला रहा हूँ या कोई और। अर्चना से यह भी नहीं पूछ पाया था कि उसके और अनसूया के बीच क्या बात हुई। इतने भर में अनसूया का फ़ोन आया। ट्रू कॉलर में उसके नम्बर के लिए जो नाम बता रहा था, वह यों था, अनसूया नील।

कल की औचक बात की बात छोड़ दें तब यह समझ में नहीं आ रहा था कि अनसूया से किस अन्दाज़ में बात करें। यह एक टूटा हुआ रिश्ता था। भाई-बहनों में या पति-पत्नी में कुछ दिनों के लिए बातचीत बन्द हो जाए तब उनसे दुबारा बात शुरू करने के लिए उचित सम्बोधन नहीं मिलता, यहाँ तो शेष हो चुके प्रेम का प्रश्न था। तिस पर यह कि बारह-पन्द्रह वर्षों के पहले के भाव को लिये-लिये घूमना भी कहाँ उचित ठहरा।

'अब तक कोई ख़बर नहीं मिली।'

'मैं दो-ढाई घंटे में पहुँच रहा हूँ।'

'तुम्हारा कोई जानने वाला हो तो एक बार थाने को फ़ोन करवा दो, ये लोग एफ़.आई.आर. तक नहीं दर्ज कर रहे।'

उसने ही कहना जारी रखा, 'रफ़ीक़ के कॉलेज से कुछ लोग आए थे, छात्र थे उनके, सब मिलकर साथ में थाने चलने की बात कर रहे हैं।'

उसकी बातें मुझ तक किसी दूसरी दुनिया से आती हुई लग रही थीं। सोच रहा था कि अनसूया ने मुझे फ़ोन करने से पहले सोचा भी नहीं होगा कि अपने

पूर्व प्रेमी को फ़ोन कर रही है। उसे मदद चाहिए रही होगी। कहीं दूसरी कोई मदद मिल जाती तो मुझ तक इसे पहुँचने की ज़रूरत भी न होती। दोस्तों को बेधड़क याद किया होगा, दुश्मनों को संकोच से याद किया होगा और सबसे आख़िर में, जब कहीं कोई मदद नहीं मिली होगी, तब मुझे याद किया होगा। यह पुकार भूतपूर्व प्रेमी के अभूतपूर्व प्रेम के लिए क़तई नहीं थी। यह जानकर एक पल के लिए अच्छा लगा कि किसी शिक्षक की ब्याहता है, यानी इस घटना से पहले तक का जीवन ठीक चल रहा होगा।

मैंने कहा और ज़ोर देकर कहा, 'दस बजने तक तुम लोग थाने पहुँचो मैं वहीं पहुँचता हूँ।' फिर पुनश्च के अन्दाज़ में कहा, 'सम्भव हो तो गूगल मैप्स से अपना लोकेशन भेज दो।'

लोकेशन भेजने से याद आया कि रात में अर्चना ने मेरे फ़ोन के जरिए गूगल मैप्स के 'लोकेशन शेयरिंग' में जाकर मेरा लोकेशन अपने गूगल अकाउंट से साझा किया था और फिर अपना लोकेशन मेरे फ़ोन में दर्ज किया। उसने बताया कि इंटरनेट बन्द मत करना। मेरे तईं यह एक नया ही टूल था जिससे आप जान सकते थे कि सामने वाला इस ऐन वक़्त में कहाँ है।

*

थाने के दरवाज़े पर लाल और नीले रंग के दो तिकोन थे। अगर रंग अलग-अलग न होते तो वह आयताकार कोई आकृति होती। इतना बड़ा पुलिस थाना शायद ही कभी देखा हो। शहर का दक्षिणी दरवाज़ा। तीन-सवा तीन एकड़ में फैला एक बाग़, जिसके मध्य में यह दो मंज़िली इमारत। हवेली-सी इमारत जिसके अहाते की चारदीवारी भी ऊँची थी। ऐसा भान हो रहा था कि पहले यहाँ किसी परिवार की रिहाइश रही हो और जिसे बाद में थाना बना दिया गया हो।

यहाँ से देखते हुए शहर दूर और असुन्दर दिखता था। गोरखपुर से देवरिया से सलेमपुर से नोमा आते हुए ऐसा लगा था कि यह थाना शहर का दरवाज़ा है। लेकिन शहर से यह बाहर था। यहाँ से मकानों की क़तार दिखनी शुरू होती थी, लम्बोतरा बसा हुआ शहर, अमूमन जैसी नदियों किनारे की बसाहट

होती है। सीधी एक लम्बाई में बसे हुए शहर। यहाँ दिक़्क़त बस यह थी कि कोई नदी नहीं थी। एक सड़क थी जो शहर को तिर्यक काटती थी। अगर कोई तफ़रीह या पर्यटन के मसरफ़ से यहाँ चला आए तो उसे बड़ी निराशा हो, ऐसी कुछ काट का यह शहर दिख रहा था।

शहर से दूरी ही यह वजह होगी कि थाने के बाहर टेम्पो, विक्रम और रिक्शा वालों की जमघट थी। महुए के पेड़ के नीचे चाय की गुमटी थी। ऊपर बादल थे और मौसम चाय पीने वाला ही था लेकिन गुमटी पर जिन बीस-बाईस लोगों की मौजूदगी थी उनमें से शायद ही कोई चाय पीने की इस ख़ास वजह से चाय पीने आया हो।

यह मेरे जीवन का पहला मौक़ा था जब मैं थाने में था।

गाड़ी से उतरते हुए मुझे अनसूया का ख़याल आया, यह कहना ग़लत होगा। उसका ख़याल और उससे भी बढ़कर उस मुश्किल का ख़याल जिससे वह घिरी हो सकती थी, लगातार बना हुआ था लेकिन सोचने का कोई ढर्रा नहीं बँध पा रहा था। मसलन, कोई भी विचार इस तरह नहीं आता था जैसे पूरा कोई वाक्य हो। तमाम तरबतर ख़यालों में एक चेहरा चला आता था और एक शब्द कौंध जाता था, अनसूया। यह शब्द मैं बोल उठ रहा था। सहदेव ने कई बार पूछा भी था, 'कुछ कह रहे हैं क्या?'

गाड़ी से उतरते हुए लगा कि उसे पहचान भी पाऊँगा या नहीं? एक झिझक थी जो मन के चोर दरवाज़े पर डरी हुई बिल्ली की मानिंद बैठी हुई थी।

थाने पर भीड़ थी। पचास मनई रहे होंगे। लोग चार-पाँच के समूह में थे और बाग़ीचे के पेड़ों की तरह आपस में ठीक-ठाक दूरी बरतते हुए खड़े थे। कोई भी तेज़ आवाज़ में बात नहीं कर रहा था लेकिन सभी बात कर रहे थे इसलिए पुलिस का बाग़ीचा या थाना, जो कह लें, आवाज़ों का प्रस्तर मैदान बन गया था।

थोड़ी दूर अन्दर जाकर मैं वापस लौट आया। इस लौटने के क्रम में देखा कि अहाते के दरवाज़े पर एक संतरी भी था। कार तक वापस आया और सहदेव को साथ चलने के लिए कहा। उसने कुछ इस ढंग का इशारा किया कि एक पल के लिए मेरी बात न समझा हो और दूसरे पल के ख़तम होते न

होते 'ओह, हाँ' के अन्दाज़ में बात समझ आ गई हो। इतना कहते हुए साथ हो लिया, 'कहाँ फँसा रहे हो परदेसी बालम?'

*

अनसूया की बातों से लगा था, अनेक लोग होंगे। चार थे। उसे लेकर। ये लोग थाने की तरफ़ मुँह कर खड़े थे। जैसे मन्दिर की तरफ़ खड़े हों। खड़े होने के सलीके में भी याचना का भाव था। दो पुलिसवालों ने उन्हें दालान की चौखट पर रोक रखा था। पहला सर ऊपर किए लेकिन आँखें बन्द किए खम्भे से लगा खड़ा था। दूसरा दासे पर बैठा था। गर्दन में सलवटें देकर इनकी तरफ़ देख रहा था और पूछने पर यही कहता कि सुन रहा था लेकिन लगातार वही बोले जा रहा था। उसके पैर फैले हुए थे और उन पैरों के बीच में अपना रोल (बेंत की चमकाई हुई, तेल पिलाई हुई छड़ी) धरती का सीना चीरने के अन्दाज़ में धरती में धँसाए जा रहा था। अनसूया के साथ आए वे तीन कम उम्र के युवक न सिर्फ़ अपने डील-डौल से बल्कि अपनी उत्तेजना से भी पहचान में आ जा रहे थे। अनसूया कमर पर हाथ रखे थी, कुछ इस तरह हाथ रखे थी जैसे उसी पकड़ के सहारे वो खड़ी हो। घिसकर उदास हो चुके हरे रंग का ढीला सूट डाले हुए थी और दुपट्टा जो था, फीरोज़ी रंग का, करीने से लिपटा हुआ था। दुहरा होकर।

यह सब मैं पीछे से सामने आते हुए लम्हे में देख रहा था। ऐन इसी वक़्त वह वाक़या हुआ कि अगर आँखों के सामने न घटित होता तब शायद मैं कभी यक़ीन नहीं कर पाता।

पहले यक़ीन की बात कर लूँ। क्यों यक़ीन नहीं करता? लेखक होने के बावजूद मनुष्य से अधिक व्यवस्था में और संगठन में यक़ीन करता हूँ, इसलिए? या इसलिए कि इस संगठन ने जिसे पुलिस कहते हैं मुझे बख़्श रखा है, इसलिए? किसलिए?

उस नीच, माफ़ कीजिए, नीचे बैठे पुलिसवाले ने अपना रोल उठाया जिसके निचले सिरे पर गीली मिट्टी लगी थी और ड्रिल करने के उसी अन्दाज़ में अनसूया के पेट में चुभा दिया, घुमाने लगा और अक्षरों को चबा-चबा कर पूछा, 'कितने महीने का है?'

तीनों युवक एक साथ चिल्ला पड़े और शायद वो दोनों सिपाही इसी पल का, इसी मोहलत का इन्तज़ार कर रहे थे। बेंत की आवाज़ गालियों की आवाज़ पर भारी पड़ती जा रही थी। लेकिन मर्म भेद देने वाली आवाज़ वह थी जो लगातार गिरती दो बेंतों के बीच आ रही थी। दो अपराधी और तीन मनुष्य या दो सिपाही तथा तीन अपराधी, कैसे देखता मैं इस दृश्य को? ज़माना कैसे देख रहा था?

मैं दौड़ पड़ा। मुझसे आगे सहदेव था। दूसरे लोग भी दौड़े लेकिन सब एक सीमा तक जाकर रुक गए। यह कहना झूठ ही नहीं कृतघ्नता होगी कि हमारे दौड़ने से सिपाहियों ने उन्हें पीटना बन्द किया। सहदेव छात्रों को सँभालने में लगा और मैं अनसूया तक आया। वहाँ कई दूसरे लोग भी थे। इतने लोग इस कातर असहायता से उसे देख रहे थे कि लग रहा था, उनका वश चले तो इस स्त्री के लिए कितना कुछ कर देते। जब लगा कि वो लोग, जिनमें कुछ औरतें भी थीं, अनसूया को सँभाल लेंगे तब मैं वहाँ से दूर हुआ।

उन पुलिसवालों तक मैं गया। मन में लगातार यही चल रहा था कि अनसूया के पेट में पुलिस के रोल चुभाने का दृश्य मैंने कहीं और भी देखा है लेकिन कहाँ देखा है का दृश्य इस भयावह पल में स्मृति के सीमित दायरों से बाहर हो रहा था। मुझे पुलिसवालों से बात करना नहीं आता था। मसलन, यह नहीं पता था कि पुलिसवालों से संवाद शुरू कैसे करते हैं? सर कहने में घिन आ रही थी, गुड मॉर्निंग कहते ही बाहरी मान लिया जाना था, इसलिए दोनों हाथ जोड़े और कहा, 'जी, नमस्कार।'

हाँफते हुए दोनों सिपाही दालान के दासे पर बैठे थे। उन्होंने मेरी तरफ़ देखा और बोला, 'भौंक।'

'जी नमस्कार, मेरा नाम अर्जुन है। मैं इनके पति का मित्र हूँ।'

इस एक वाक्य को कहने भर में मैं पसीने-पसीने हो गया था। अगर आईना सामने होता तो माथे पर तिर आई बूँदें ख़ुद देख सकता था लेकिन सामने क़ानून की सीली दीवाल थी इसलिए बस भय दिखा। उस भय के आईने में दिखा कि अनसूया ज़मीन पर बैठी है और पैर सामने की तरफ़ फैले हुए हैं। अपने बारे में यही लगा कि दिल्ली कोई ऊँची चोटी है जहाँ से मुझे गहरे अँधेरे कुएँ में धकेल दिया गया है।

‘जी, मैं इनके पति का मित्र हूँ। दिल्ली से आया हूँ।’

यहाँ लगा कि दिल्ली का ज़िक्र ना ही करता तो बेहतर था। ज़िक्र अभी नहीं तो कभी न कभी आता लेकिन शुरुआत में दिल्ली की धुन बजने से उन्हें यह लगता कि धौंस दिखा रहा हूँ। अगर वे नहीं घबराते तब ठीक, वरना अगर कहीं घबरा जाते तब उसका, हम सबका नुकसान कर सकते थे। इसलिए बात बदलते हुए कहा और इस बार स्वीकार कर लिया कि इन दोनों अपराधियों को सर कहना है, ‘सर, मैं रफ़ीक़ का दोस्त हूँ।’

दोनों ने एक साथ कहा, ‘आगे भी बोलोगे?’

‘सर, आज तीसरा दिन है, वो घर नहीं लौटा।’

‘तुम उसके वकील हो?’

मैंने माहौल को ज़रा हलका करना चाहा लेकिन कब तक झेलता, ‘बिलकुल नहीं सर, मैं महज़ दोस्त हूँ। दिल्ली से आया हूँ, एक प्रकाशन-गृह में नौकरी करता हूँ।’

तीसरे सिपाही ने, जो ज़रा दूर था और मैं दृश्य के भीतर इतना गहरा गड़ चुका था कि अगर वो बीच में न बोल पड़ता तो शायद उसके होने का एहसास भी नहीं होता, कहा और इस अन्दाज़ में कहा कि मानो पुकार रहा हो, ‘राइटर हो क्या?’ इस प्रश्न का उत्तर कठिनतम होता, अगर देना पड़ गया होता लेकिन दूसरे सिपाही ने पूछ लिया, ‘कौन से अख़बार से हो?’ मैंने तसल्ली से बताया कि ‘नियामगिरी एक प्रकाशन संस्थान भी है, उसमें सम्पादक की एक कुर्सी है जो अख़बार के सम्पादक जैसी ताक़त की पुड़िया नहीं, सुघड़ क्लर्की का एक नाम है, उसी पद पर हूँ।’

आश्चर्य मुझे इसका भी हो रहा था कि मेरे आत्मविश्वास को क्या हुआ? मेरा लेखक होना क्या हुआ? कहाँ गया शब्दों की मितव्ययिता पर मेरा यक़ीन? क्यों डर रहा हूँ? और अगर डर रहा हूँ तब वह डर शब्दों के जरिए फैल क्यों रहा है?

तीसरा सिपाही डगमग करते हुए नज़दीक आया। दो सीढ़ियाँ उतरने में समय लिया और महज़ इसलिए समय लिया ताकि मुस्कुरा सके।

‘साढ़े तीन बजे से पाँच बजे के बीच दरोगा बाबू आएँगे। चारेक दिनों में केन्द्रीय मंत्री आने वाले हैं उसी कार्यक्रम की तैयारी चल रही है, थाने

के अधिकतर लोग उस कार्यक्रम की तैयारी में व्यस्त हैं। दोपहर को आइए, मामला तभी दर्ज होगा—अपने मित्र के परिवार को समझाइए,' यह कहते हुए वो मेरे बिलकुल सनीप आ गया था।

यह समूचा वाव्य राहत सन्देश की तरह था। मैंने शाम को आने की बात कही और दुख की इंतिहा देखिए कि उन युवाओं को उठाने लगा। सोचने वाले कहते कि पिटाई से वो लोग बेज़ार हो गए थे इसलिए उनके पास गया था। बेसँभाल हक़ीक़त लेकिन कुछ दूसरी थी। मैं समझ नहीं पा रहा था कि अनसूया का सामना कैसे करूँ? ग्यारह-बारह वर्षों के बाद हम आमने-सामने होने वाले थे और मैं यह तय नहीं कर पा रहा था कि अतीत के बेताल को अपने कन्धों पर लाद्कर मिलना है या इन दिनों जिस मुश्किल से वह घिरी है उससे दो-चार होने आए हुए मित्र की तरह मिलना है या अभी-अभी जिस चोट और गुम-चोट से वो प्रताड़ित है उसके लिए किसी अजनबी के बतौर फौरी राहत पहुँचाते हुए मिलना है। यह प्रश्न मेरे सम्मुख टूटी हुई लिफ्ट की तरह था जिसके भीतर मैं बार-बार पटकाए जा रहा था।

लेकिन नहीं, अनसूया को भी मुझे ही देखना था। मैं पलटा। वो ज्यों की त्यों बैठी हुई थी। चट्टान भी सीख ले उससे, कुछ इस अन्दाज़ में बैठी हुई थी। उसकी आँखों के कोये मुझे याद थे लेकिन उन आँखों में अभी इतना पानी भरा हुआ था जितना समन्दर में होता है, इसलिए कुछ भी दिखना सम्भव नहीं हो पा रहा था। वो आँख मीच रही थी तो सच में झील या तालाब छलक जाए जितना पानी गिर रहा था। जब आँख खोलती तब एक-एक पलक पर आँसुओं की बड़ी-बड़ी बूँदें टँगी रह जाती थीं, जैसे ख़ूब बारिश के बाद अलगनी पर बूँदें टँगी रहती हैं। वह यह नहीं समझ पा रही होगी कि आँखों को खोले रखे या मूँद ले। आँखों के पास खुलने और बन्द होने के सिवाय तीसरा कोई रास्ता नहीं होता।

उस तक पहुँचता कि उससे पहले दो महिलाएँ उसे उठा रही थीं। ये दोनों भी थाने किसी अनिवार्य मजबूरी में आई होंगी। एक को मैंने हट जाने का इशारा किया और जब मैंने बाँह पकड़ी तब अनसूया ने मुझे देखा या मैंने उसे देखते हुए देखा। दो-सवा दो पल यह देखना रहा होगा। राम जाने उसे क्या दिखा लेकिन मुझे अतीत का मकड़जाल दिखा। सहदेव ने दौड़कर गाड़ी में

चाभी भरी। अनसूया ने हाथ यों किए जैसे उसे सहारे की ज़रूरत नहीं। उसने झटका नहीं, इशारा भर किया, यह मेरे लिए सुकून की बात थी। बाँह छोड़ दिया लेकिन दूसरी महिला जो साथ चल रही थी, उसे चलते रहने का इशारा किया। यहाँ मैंने सोचा कि सिपाहियों से बात करूँ। पैसे-रुपए ले-दे कर भी एफ. आई. आर. लिख जाए तब भी लिखा दूँ। भय यह था कि रिश्वत की बात करते हुए कहीं ये लोग बुरा मान गए तब क्या होगा। मुझे यक़ीन था और फिर मुझे ही क्यों किसी को भी यक़ीन होगा कि पुलिसवाले रिश्वत का कभी बुरा नहीं मानेंगे लेकिन देने का माध्यम अगर ग़लत हुआ तो धरे जाने के डर से बुरा मान सकते थे। मैं घूमा। घूमते ही पाया, वो तीसरा सिपाही मेरे ठीक सामने खड़ा था। यों खड़ा था कि हमारे बीच एक क़दम भर का भी फ़ासला नहीं था। बचपन का वक़्त रहा होता तो मेरी पैंट गीली हो गई होती। उसने गोली दागी, 'तुम राइटर हो क्या?'

उसकी वर्दी के दाएँ हिस्से पर काली एक नाम पट्टिका थी, लिखा था, बृजनन्दन। मैंने कहा और मैं यह नहीं कहता तो क्या कहता, 'कैसी बात करते हैं सर।'

उसने फिर पूछा। इस बार उसकी आवाज़ में दबिश थी, 'हो क्या?'

मैं ख़तरे जानता था। अगर इन्हें लग गया कि कुछ भी ऐसा मामला हुआ जिससे इन्हें सावधान होना पड़ा तो रफ़ीक़ की तफ़्तीश के मामले का बड़ा या छोटा नुकसान हो सकता था इसलिए भी और इसलिए भी कि मेरा लिखना कब का छूट चुका था, मैंने कहा, 'नहीं'।

*

गाड़ी थाने के मुख्य द्वार के सीध में खड़ी थी। सौ क़दम का फ़ासला रहा होगा फिर भी दिख रहा था कि पिछली सीट पर अनसूया निढाल पड़ी है। उसे देखते ही वह प्रश्न दुबारा लौट आया कि किसी स्त्री के पेट में पुलिसवालों को बेंत चुभाते हुए कहाँ देखा है? देखा तो है लेकिन कहाँ? इससे पहले कभी थाना-पुलिस का चक्कर पड़ा नहीं था इसलिए कहाँ? किसी सिनेमा में? सिपाहियों के रवैये से एक स्पष्ट सी बात यह दिख रही थी कि रफ़ीक़ को

ढूँढ़ने में उनकी दिलचस्पी कम है। या नहीं है। यह किसी अधम आगम का संकेत था या मन के भीतर पैठा एक शुबहा था? एक दूसरी बात जो स्पष्ट होती दिख रही थी कि रफ़ीक़ में दिलचस्पी कम होने की वजह इनकी अपनी लापरवाही भी हो सकती है। ये लोग इसे गुमशुदगी को बतौर कोई मामला दर्ज भी नहीं करना चाह रहे थे।

मेरी अपनी दिक़्क़त यह थी कि मुझे प्रतिक्रिया देना आता ही नहीं है। उन लोगों का मुरीद हो जाता हूँ जो मौक़े के लिहाज़ से लफ़्ज़ और भाव एकत्रित कर लेते हैं और माकूल प्रतिक्रिया देते हैं। किसी ग़मी में जाकर यह कहना कि जो हुआ उसका बेहद दुख है या ऊपर वाला सब ठीक कर देगा, मुझसे नहीं हो पाता। चूँकि अधिकांश लोग ऐसा कर लेते हैं इसलिए ग़लत या सही के खाँचे में नहीं डालूँगा लेकिन अपने स्तर पर मुझे यही लगता है कि ग़मी या ख़ुशी के स्थल पर पहुँच जाना, ज़रूरत में कन्धे से कन्धा मिलाना ही एक सन्देश है। इन्हें शब्दों में ढालते ही बात छीज जाती है। लेकिन फिर वही, वही ख़याल कि इतनी बड़ी दुनिया आख़िर कर ही तो रही है।

कार का दरवाज़ा खोला। खुलने की इस आवाज़ से अनसूया के चेहरे पर एक शिकन उभरी लेकिन आँखें बन्द किए वह पड़ी रही। उन तीन छात्रों से पूछा कि वे लोग किस साधन से आए हैं? उनके पास साइकिल थी। सहदेव ने इशारा किया कि मैं गाड़ी में बैठूँ। पहले-पहल मैं आगे की सीट पर बैठा। बैठते ही निगाह थाने की तरफ़ उठ गई। देखा, तीनों पुलिसवाले हमें ही देख रहे हैं। एकटक। सहदेव गाड़ी में चाबी भर चुका था। यह ख़याल कौंधा कि इतनी बड़ी दुनिया आख़िर कर तो रही है और दरवाज़ा खोला, बाहर आया, गाड़ी का एक चक्कर आगे की तरफ़ से लगाते हुए ड्राइवर सीट के पीछे वाली सीट का दरवाज़ा खोला और बैठ गया।

हर मुलाक़ात पिछली मुलाक़ातों के सिलसिले को आगे बढ़ाते हुए सम्भव होती है। कितना अच्छा होता कि मुलाक़ातें स्मृतिहीन हुआ करतीं। उससे भी बड़ी पेच; मनुष्य से मनुष्य की रवायती दूरी अनोखा शशोपंज है। बग़ल में बैठी स्त्री अगर मेरी पत्नी होती, बहन होती, माँ होती तब भी क्या मैं ढाढ़स बँधाने में इतना ही असमर्थ होता? अतीत की मार इतनी भी गहरी नहीं होनी चाहिए। अजनबीयत, बतौर विचार, महज़ मनुष्यों में है या कहीं और भी दिखती होगी।

एक छोटा सा वाक्य मैंने उछाला, 'क्या हो गया है?' और उसने सिर पीछे लुढ़का दिया। कोई जवाब आता न दिखा तब दूसरा प्रश्न पूछना शुरू किया और ख़ुद मुझे आश्चर्य हुआ कि बरसों-बरस से जिन स्मृतियों पर हम दाब डाले बैठे होते हैं, यह माने बैठे होते हैं कि हो न हो हमने अपने जीवन से उस ख़ास व्यक्ति की तरह उसकी स्मृतियों को भी पोंछ दिया है वो सारी स्मृतियाँ इशारे मात्र का इन्तज़ार कर रही होती हैं। आज यक़ीन हुआ कि मानव सभ्यता का पहला विद्रोह स्मृतियों ने किया होगा, बीसियों वर्ष पुराना वह हमारे बीच का तकियाकलाम पोसुआ कुकुर की तरह हम दोनों के बीच आ बैठा, जब मैंने कहा, 'सामने देखो।'

उसने मेरी तरफ़ देखा और अतीत ख़राब किसी कार्बन कॉपी की तरह सामने दिख गया। या काग़ज़ पर उस प्रिंट की तरह जिस पर स्याही ख़त्म होने के निशान हों। वो जादूगर याद आने लगे जो कोरे काग़ज़ों पर कुछ लिखते लेकिन वो काग़ज़ कोरा ही रह जाता। उन काग़ज़ों की लिखावट तब स्पष्ट होती जब काग़ज़ के पीछे से माचिस की जलती हुई तीलियाँ उन्हें रोशन करतीं।

*

करनाल के लिबर्टी चौक पर वह खड़ी है और बहुत देर से खड़ी है। वह मेरे मकान मालिक की बेटी है और जब भी हमें घर से बाहर मिलना होता है पहले वह निकलती है। पन्द्रह-बीस मिनट के अन्तराल को ध्यान में रखते हुए मैं निकलता हूँ। इस अनुमान से उसका इन्तज़ार लम्बा खिंच रहा है। बात यह हुई है कि इस बार सारी दिल्ली अपनी बाइक से घूमनी है। उसकी नाराज़गी इस बात पर है कि कॉलोनी की एक लड़की के सामने मैं उससे क्यों खुल रहा था, वह अपने इस राग को बाहर ज़िक्र करते हुए बेसुरा कर सकती है।

वह पीछे बैठती है। ग़ुस्सा है इसलिए कमर तो कमर, कन्धा भी नहीं छूती लेकिन पीछे बैठी है। मैं उतरने को होता हूँ तब वह कह देती है, 'सामने देखो।' मैं बाइक की रफ़्तार धीमी करता हूँ और उससे कुछ कहने को होता हूँ तब वह कह देती है, 'सामने देखो।' यह अबोला दूर तक चलता है। सुखदेव के ढाबे तक। वहाँ तक आते-आते मेरा रुआँसापन फैलने लगता है। चाय के बहाने हम उतरते हैं। मैं जानता हूँ वह दूध, पत्ती लेती है लेकिन फिर भी बोलने के लिए, बस उसका मिज़ाज जानने के लिए, बोलता हूँ, 'दूध, पत्ती?'

वह कह देती है, 'सामने देखो।' लेकिन इस बार यह कहते हुए वह हँस देती है।

मैं देख पा रहा हूँ कि यह 'सामने देखो' हम दोनों ने एक साथ और अलग-अलग भी अनेक मौक़ों पर इस्तेमाल किया है, जब हमारे बीच कोई दूसरा रास्ता नहीं बच रहा होता। तब भी जब उसकी इच्छा के विरुद्ध जाकर मैं नौकरी में अपना तबादला स्वीकार करने वाला हूँ। उस दिन भी 'सामने देखो' ही तारणहार बनता है।

उसका कमरा है। मैं बैठा हूँ। मम्मी-डैडी बाहर हैं। दोनों भाई, मेरी जान के दुश्मन, बाहर हैं। वह धीरे-धीरे बैठती है। तबादला हमारे साथ क्या गुल खिलाएगा ये हमें अभी नहीं

पता। अभी तो हम इसी बहस के दो सिरे हैं कि तबादला स्वीकार कर लूँ या यह नौकरी छोड़कर कुछ दूसरा देख लूँ। वह मेरा चेहरा पकड़ती है, अपनी तरफ़ घुमाती है और कहती है, जबकि मैं उसकी तरफ़ ही देख रहा हूँ, 'सामने देखो।' उसके निर्देश के बाद मैं उसे देखता हूँ। लेकिन तब मुझे जो दिखता है उसकी स्मृति जीवन में बारम्बार छलक जाया करेगी यह मैं तब कहाँ जानता था।

*

थाने से तक़रीबन पौना किलोमीटर दूर आने पर शहर शुरू हो रहा था। अपने आप में डूबा हुआ शहर। जितने भी लोग दिख रहे थे मशगूल दिख रहे थे। छोटी-मोटी गुमटियों को छोड़ दें तो शहर की सबसे पहली दुकान एक आरा मशीन वाले की थी। बिजली से चलने वाले इस आरा मशीन की आवाज़ दूर तक आनी थी। इस दुकान से आगे बढ़ते ही शहर अचानक शुरू हो गया। भीड़-भड़क्का। सहदेव को गाड़ी में जमती चुप्पी की इस अदृश्य बर्फ़ से कोफ़्त हुई होगी तभी उसने बताया, 'सर, इस क़स्बे के आगे बिहार शुरू हो जाता है।'

वो इस जगह को जानता रहा होगा इसलिए छूटते ही उसने क़स्बा कह दिया जिसे मैं शहर कहे जा रहा था।

'बिहार शुरू हो जाता है तो?'

'तस्करी और अपराधियों के लिए स्वर्ग है। उधर के भी और इधर के भी। कोई नया पुलिस कप्तान आए तो सीमा टाप जाते हैं।'

मैंने कुछ नहीं कहा लेकिन सीमाओं के इस अनोखे इस्तेमाल पर हँसी आई। ध्यान आया कि अंजन अग्रवाल भी कहीं इसी का फ़ायदा न उठाता हो। अंजन जैन का ख़याल गाड़ी से बाहर की तरफ़ ले गया। मार्के की एक बात यह दिख रही थी कि सड़क के दोनों तरफ़ होर्डिंग्स और आपस में उलझे बैनरों की भरमार थी। हर होर्डिंग के बीच पच्चीस से पचास मीटर का फ़ासला रहा होगा। पहली होर्डिंग बिग बाज़ार में ख़रीदारी पर आई तमाम छूट से सम्बन्धित

सूचनाओं की थी। वह होर्डिंग बिग बाज़ार के अपने चटक लाल रंग में न होकर आसमानी रंग में थी और जब तक रंगों की यह गुत्थी सुलझा पाता तब तक गाड़ी होर्डिंग के बेहद क़रीब आ गई थी। वह बिग बाज़ार नहीं बल्कि बिगर बाज़ार की होर्डिंग थी। यह नक़ल अच्छी लगी थी।

अगली होर्डिंग को ध्यान से नहीं देख पाया क्योंकि चटक रंगों का बेतरतीब प्रयोग था। दूसरी-तीसरी होर्डिंग से जो बात समझ आनी शुरू हुई कि व्यक्तियों की तस्वीरें लगभग एक सी थीं। ऊपर, इनसेट के अन्दाज़ में, दस-ग्यारह तस्वीरें। उन तस्वीरों के नीचे नाम नहीं थे इसलिए जिन-जिनको पहचान पाया उनमें विवेकानन्द थे। दाहिनी तरफ़ आते-आते प्रधानमंत्री और अन्य केन्द्रीय मंत्रियों की तस्वीरें भी थीं। बाईं तरफ़ और बीच में सूचना सामग्री थी। एक होर्डिंग कैलाश-मानसरोवर यात्रा की पुकार से सम्बन्धित थी। नीचे बड़े अक्षरों में लिखा था : चलो कैलाश! भगवान शंकर और उनकी जटा से निकलती गंगा की बड़ी सी छवि थी। इतनी ही बड़ी या इससे भी बड़ी एक तस्वीर दाहिनी तरफ़ थी जिसमें एक नौजवान 'आपका भवदीय' मुद्रा धारण किए खड़ा था। नीचे में पीले अक्षरों में अमित मालवीय लिखा था। नाम के नीचे अध्यक्ष—मंगल मोर्चा लिखा हुआ था।

रंगों के संयोजन से लग सकता था कि आनन-फानन होर्डिंग बना दी गई होगी लेकिन ऐसा नहीं था। इनके लगाए जाने का सलीका दूसरी ही कहानी कह रह रहा था। अगर 'चलो कैलाश' की होर्डिंग सड़क के दाईं तरफ़ लगी थी तो बाईं तरफ़ भी हूबहू वही होर्डिंग थी। वही आकार, वही रंग, वही लोग, वही सन्देश। जैसे इतना संयोजन भी कम हो कि इन होर्डिंग्स के पीछे जो होर्डिंग बँधी थी, उसमें भी वही सब सन्देश। विचार यही रहा होगा कि सन्देश किसी भी आने-जाने वालों से छूट न जाए।

अगली होर्डिंग पर भंडारा चल रहा था। शिल्प वही पिछली होर्डिंग वाला ही था इसलिए कथ्य पता कर पाने में कठिनाई हुई लेकिन जब गाड़ी नज़दीक आ गई तब देखा, एक हफ़्ते का भंडारा आयोजित किया गया है। ऊपर की तस्वीरों में कोई बदलाव नहीं था। विवेकानन्द से शुरू होकर प्रधानमंत्री पर ख़त्म होती क़तार। बीच में जहाँ पिछली होर्डिंग में भगवान शंकर थे इस तस्वीर में अन्नपूर्णा देवी थीं। यह होर्डिंग बनाने वाले की क़ाबिलियत ही थी कि

शंकर जी की तुलना में अन्नपूर्णा देवी की लोकप्रियता को देखते हुए उसने उनका नाम लिख रखा था। दाहिनी तरफ़ इस बार दो तस्वीरें थीं, अमित अग्रवाल, कोषाध्यक्ष—मंगल मोर्चा और दूसरी तस्वीर, अमित मालवीय, अध्यक्ष—मंगल मोर्चा। यहाँ भी वही सलीका, दाएँ-बाएँ-आगे-पीछे, कुल चार होर्डिंग।

अगली होर्डिंग माँ वैष्णो देवी और अमरनाथ यात्रा की पुकार लिये हुए थी। अगर व्यक्तियों की तस्वीरें निकाल दें तो यह होर्डिंग टी-सीरीज़ के पुराने किसी एलबम का आमुख लग रहा था।

इससे आगे की होर्डिंग एक निजी विश्वविद्यालय से सम्बन्धित थी। बड़े अक्षरों में नाम टँका था, बी.एल.(डी.)यू. और फिर नीचे ब्रैकेट में लिखा था, बाबा लकड़नाथ (डीम्ड) यूनिवर्सिटी। दो लड़के और एक लड़की बाक़ायदा सूट पहने खड़े थे, मॉडल रहे होंगे या कॉलेज के विद्यार्थी। लड़की खुले गले की शर्ट में थी और लड़कों ने टाई डाल रखी थी। इस होर्डिंग पर दर्ज था कि मैनेजमेंट, होटल मैनेजमेंट, बी.एड., बी.एससी., एम.एससी., बी.कॉम., एम. कॉम, बी.ए., एम.ए. आदि कक्षाओं में प्रवेश न सिर्फ़ शुरू हो चुका है बल्कि ख़त्म भी होने वाला है, इसलिए जल्द से जल्द अपनी जगह सुरक्षित कराएँ। नीचे फ़ोन नम्बर था जिस पर दरयाफ़्त की जा सकती थी। दाहिनी तरफ़, किनारे में, दो तस्वीरें थीं। एक छोटी सी तस्वीर जिसके नीचे प्राचार्य लिखा था। नाम बेहद छोटे अक्षरों में था या कह लें कि होर्डिंग पर इतना कुछ लिखा था कि नाम पढ़ नहीं पाया। दूसरी तरफ़ जो तस्वीर थी, उसमें एक बुज़ुर्गवार सज्जन का दिपदिपाता हुआ एक चेहरा था। तस्वीर के नीचे बहुत सारी उपाधियाँ दर्ज थीं। सम्मानों के नाम दर्ज थे। सम्मानों में कई सारे नाम साहित्यिक अन्दाज़ के लग रहे थे। नाम पढ़ पाता तब तक गाड़ी आगे बढ़ चुकी थी।

आगे जाम का सा माहौल बना हुआ था। जिसे जिस तरफ़ जगह समझ आई होगी उसने उसी तरफ़ अपनी गाड़ी फँसा रखी थी। दोनों तरफ़ को जाती दिखती पचासों गाड़ियाँ थीं। एक इंडिका कार तिरछी हो गई थी। एक रिक्शे का पहला पहिया दाईं तरफ़ निकल गया था। हॉर्न पर हॉर्न। अनसूया भी जाम देख रही थी। कहीं से बात के आधार की शुरुआत हो वाली लकीर पकड़ते हुए मैंने अनसूया से पूछा, 'कैसा जाम है?' फिर पूछा, 'रोज लगता है?' उसने

दोनों प्रश्नों के जवाब में बताया, 'इधर आना नहीं होता।' उसकी आवाज़ शान्त लग रही थी। यह सुकून की बात थी।

कुछ और पूछूँ कि न पूछूँ के प्रश्न में मैं ख़ुद ही उलझा हुआ था कि सहदेव ने बात बदल दी। ख़ुद ही बताने लगा कि यह तस्करों वाला चुंगी-नाका है। एक चुंगी-नाका जो सरकारी नियमों के अनुसार चलता है वह मेहरौना में गंडक पार करते हुए है। वहाँ हर उस गाड़ी की जाँच की जाती है जिसमें विधि-विधान से चलने वाली चीज़ें होती हैं। लेकिन यहाँ नोमा में, तस्करों वाली चुंगी जमा होती है। तेल, मवेशियों और चीनी की तस्करी इसी रास्ते पर होती है। हर बोरे चीनी, हर मवेशी को राज्य में ले आने ले जाने की फीस यहाँ भरनी होती है। इन दिनों रेट बढ़े हुए हैं। यह अपने प्रदेश का दरवाज़ा है।

उसकी बातों से चिढ़ हो रही थी। मैंने चुप रहने को कहा। उसकी इन फितूरों पर यक़ीन करने का मतलब नहीं था।

*

'दुर्गा मन्दिर चौक से बाएँ लीजिएगा भइया,' यह संयत आवाज़ अनसूया की थी। मैं भी इसी पल का इन्तज़ार कर रहा था। एक वक़्त ऐसा आता है जब आँसू सूख जाते हैं, लाचारी साथ छोड़ देती है, ग़ुस्सा थक जाता है—यह राहत हमेशा के लिए नहीं होती, बस घड़ी-दो घड़ी के लिए होती है और उसके बाद ग़ुस्सा नई ऊर्जा के साथ लौटता है, आँसू वापस आते हैं। लेकिन यह जो घड़ी-दो घड़ी का वक़्फ़ा है, उसका मैंने इन्तज़ार किया।

सहदेव को निर्देशित कर वो एक पॉलिथिन में उलझ गई। उस पीले पॉलिथिन पर फुरकान वस्त्रालय लिखा था। उसके भीतर से उसने एक दूसरी पॉलिथिन निकाली जो कई तह में मुड़ी हुई थी। उस पैकेट से पानी रिस रहा था। जैसे-जैसे उसकी तह खुलती जाती पानी का रिसना बढ़ता जा रहा था। अगर थोड़ा पानी और गिर जाए तब ड्राइवर बुरा मान सकता था। और ऐसा मैं हरगिज़ नहीं चाहता था। हर बढ़ता क़दम मुझे लौट जाने के लिए उत्प्रेरित कर रहा था लेकिन सहदेव को छोड़ दूँ तब शायद इस शहरनुमा क़स्बे में या क़स्बेनुमा शहर में मुझे दूसरी टैक्सी भी शायद ही मिलती। रियर व्यू मिरर में सहदेव सारी कवायद देख रहा था।

पैकेट के भीतर से चार ऐसी अजीब चीज़ें अनसूया ने निकालीं कि अगर वे भीगी न होतीं तो उन्हें डायरी या नोटबुक कुछ भी कहा जा सकता था। वो सारे काग़ज़ भीगकर फूल गए थे। मुझे सौंपते हुए उसने कहा, 'जब घर पर पुलिस की दबिश पड़ी तो रफ़ीक़ की दो डायरी, एक नोटबुक और नए नाटक की पटकथा की दो छाया प्रतियों को मैंने इसी पॉलिथिन में लपेटकर फ्लश में छुपा दिया था। इतना ही मैं समेट पाई थी। इन्हें कई दफ़ा लपेटा था लेकिन फिर भी पानी घुस आया।'

मैंने कुछ तो उसके सम्मान में और कुछ इस लिहाज़ से कि कहीं से तो बात शुरू हो, वो सारे काग़ज़ ले लिये। चारेक पन्ने इसी ले-दे में निबट लिये। अब मैं उन्हें उस पहली पीले रंग वाली पॉलिथिन में समेट रहा था। समेटते हुए मेरे मुँह से वह निकल गया जो काश न निकला होता, 'रफ़ीक़ राजनीति से जुड़ा हुआ था क्या?'

इस बेतुके प्रश्न का कोई जवाब तो ख़ैर क्या ही देता, इसलिए उसने भी नहीं दिया।

उसका घर आ गया था।

घर क्या था, दड़बा था। अन्दर लम्बाई चाहे जितनी रही हो लेकिन चौड़ाई बारह से पन्द्रह फीट की रही होगी। आसपास के सारे मकान ऐसे ही थे। यह नोमा बाज़ार के मुख्य शहर का हिस्सा था।

उसे गाड़ी से उतरने में तकलीफ़ न हो इसलिए सहदेव मुझसे भी पहले बाएँ दरवाज़े तक पहुँचा। रुकी हुई गाड़ी देख मकान मालिक भी बाहर निकल आए थे। गिरे चेहरे को देख उनने यह पूछने की जहमत भी नहीं उठाई कि क्या कुछ हुआ। अलबत्त अनसूया ने उन्हें देखते ही बताया कि दोपहर बाद दरोगा साहब आएँगे, तब दुबारा आने को कहा है। मकान मालकिन उसे लेकर ऊपर चढ़ने लगीं। वह एक-एक सीढ़ी ऐसे चढ़ रही थी जैसे पहाड़ पर चढ़ रही हो। पहला क़दम आगे की सीढ़ी की तरफ़ बढ़ाती, दूसरा क़दम भी उसी सीढ़ी पर रखती। इतने के बाद लम्बी साँस लेती और फिर आगे यही कवायद दुहराती।

आधी से अधिक सीढ़ियाँ चढ़ चुकने के बाद उसे जैसे याद आया हो कि मैं पीछे कहीं छूट गया हूँ। उसने मुझे बुलाया, 'आ जाओ।'

*

एक कमरे का सेट। सौ वाट का एक बल्ब जल रहा था लेकिन घने अँधेरे पर हावी नहीं हो पा रहा था। रोशनी का इन्तज़ाम न हो तो हाथ को हाथ न सूझे जैसा कमरा था। किनारे में रसोई। परली तरफ़ नहाने की जगह थी जिसका दरवाज़ा बाहर की ओर खुला था। पूरब की दीवाल से सटकर उनका बिस्तर था, ज़मीन पर ही लगा हुआ। एक कुर्सी थी जिस पर उसने मुझे बैठने को कहा

लेकिन मैंने मकान मालिक को बिठाया। अनसूया धीरे-धीरे झुकते हुए ज़मीन पर पड़े बिस्तर तक आई और बैठ गई। मकान मालकिन भी वहीं बैठ गईं और अनसूया के पैर अपनी गोद में रख लिया। धीरे-धीरे दबाने लगीं। मैं खड़ा रहा और मेरे साथ वो तीन लड़के भी खड़े थे, जगदीश, कुशलपाल और मुकेश।

इन तीनों को देखकर लगता था कि कहाँ तो इन्हें भविष्य की अगवानी में खड़ा होना चाहिए था और कहाँ ये पिछली पीढ़ियों के कारनामे देख रहे थे। यह कमरा इतने लोगों के लिए नहीं था। यह भी समझना मुश्किल था कि डिग्री कॉलेज का शिक्षक इस हालत में क्यों रह रहा था।

किसी भी दीवार पर कोई तस्वीर नहीं थी। सूनी दीवारें देख रफ़ीक़ को देखने की एक तड़प-सी उठी।

'रफ़ीक़ की कोई तस्वीर?'

अनसूया ने दूर पड़ा अपना पर्स देखा। उसके देखने को जिस-जिस ने भी देखा हो लेकिन जगदीश आगे था इसलिए उसने उसे उठाया और अनसूया को थमा दिया। बरगद की छाल के रंग का पर्स बस इसलिए पर्स लग रहा था क्योंकि उस आकार के पर्स होते हैं, वरना वो पुराना होकर झूल चुका था। अनसूया ने चार तस्वीरें निकालीं।

तीसरी तस्वीर सादे किसी समारोह की है। समय के साथ चमक खो रही इस तस्वीर में युवती ने जयमाल डाल दिया है और इन्तज़ार कर रही है कि युवक माला डाले। उस बीच जैसे किसी ने कैमरे की पुकार गुहरा दी हो कि दोनों कैमरे की तरफ़ देख रहे हैं। इनके पीछे दो युवतियाँ और एक युवक है जो हँस रहे हैं।

पहली तस्वीर में चमक नई है। ढलती एक शाम की लगती है। पैनोरमा मोड से ली गई यह तस्वीर नुक्कड़ नाटक के मंचन की तस्वीर लगती है। पिछली तस्वीर में माला डालने को उत्सुक युवक को इस नाटक में पुलिसवाले ने पकड़ रखा है। पुलिस का किरदार निभा रहा कुशल यहाँ मेरे सामने खड़ा है। एक युवती है जो दृश्य में दृश्य से डरी हुई है। झाँकते हुए मुकेश ने उसके चेहरे पर उँगली रखते हुए बताया, 'इसका नाम जानकी है और कल से यह भी लापता है।' यह वाक्य बोलते हुए वह लटपटा गया। शायद शब्दों के चयन से ऐसा हुआ हो। उसने स्पष्ट किया, 'कहने का मतलब कि कल से यह भी

घर नहीं लौटी है।' मैंने बताया कि दैनिक जागृति अख़बार में इस बाबत एक ख़बर छपी है। अनसूया के साथ बाक़ियों ने भी मुझे देखा।

जानकी-रफ़ीक़, रफ़ीक़-जानकी का यह संज्ञा-युग्म ज़ेहन में घूमने लगा। एक प्रश्न जो ज़बान तक आते-आते रह गया कि जानकी और रफ़ीक़ एक-दूसरे को कब से जानते होंगे? दिमाग़ के सँकरे कोने में या कह लीजिए सँकरे दिमाग़ के कोने में यह प्रश्न बैठ गया कि उनका परिचय कितना प्रगाढ़ रहा होगा?

दूसरा एक प्रश्न पूछने से मैं ख़ुद को रोक नहीं पाया, 'जानकी, रफ़ीक़ की छात्राओं में से एक है क्या?' इस प्रश्न से ख़ामोशी की आरोही लहर कमरे में छाने लगी थी और यह लहर चढ़ती ही जाती अगर अनसूया ने इस प्रश्न का जवाब न दिया होता। उसका जवाब सीधा और सपाट था लेकिन उसके चेहरे का भाव क़ाबिलेग़ौर था। कुछ इस तरह का भाव कि वर्तमान के प्रश्न का जवाब आप इस कड़ाई से देते हैं कि भविष्य की शंकाओं का भी शमन हो सके, 'हाँ। कभी-कभी घर भी आती रही है। इन लोगों के अभिनय समूह का हिस्सा है। जिस नुक्कड़ नाटक की यह तस्वीर तुम्हारे हाथ में है उसमें ये तीन लोग भी शामिल हैं।' तीनों ने हामी भरी। मुकेश ने इस नाटक के बारे में बताना शुरू किया, बताया कि मई अन्त में इस नाटक को खेलने की बात तय हुई थी, फिर इसके मंचन में आ रहे शहरी व्यवधानों के बारे में बताना शुरू किया। जगदीश उसके ब्योरों को दुरुस्त किए जा रहा था लेकिन मेरे मन में इन दोनों के एक साथ लापता होने का प्रश्न टिक-टिक कर रहा था।

दूसरी तस्वीर जो पासपोर्ट आकार की थी, दूर से देखने में लगता था कि किसी परीक्षा के प्रवेश-पत्र से उखाड़ी गई है। मुहर के दाग हैं और मिटता हुआ हस्ताक्षर भी दिख रहा है। लेकिन यह तस्वीर किसी बड़ी तस्वीर से काटकर निकाली गई थी। नज़दीक से देखने पर लगता है यह तस्वीर कई सारी स्याहियों की कलाकारी का विषय रही होगी।

चौथी तस्वीर समझ नहीं आई कि किसी नाटक की है या हक़ीक़त की। युवक दीक्षांत समारोह में पहने जाने वाले चोंगे में है और सामने एक बुज़ुर्ग से डिग्री ले रहा है। इतना ही होता तो हक़ीक़त की बात लगती लेकिन तस्वीर में तीसरा कोई और नहीं। तस्वीर को नज़दीक से लिये जाने पर यह सम्भव है या फिर हो सकता है किसी नाट्य प्रस्तुति का दृश्य हो।

जगदीश ने मेरा व्हाट्सऐप नम्बर पूछा। उसके पूछने के अन्दाज़ से यह तय था कि रफ़ीक़ की तस्वीरें मुझे भेजेगा। मैंने ये चारों तस्वीरें उसे थमा दीं।

जिस वाक्य की तैयारी मैं न जाने कितनी देर से कर रहा था उसे बेधड़क ही बोल गया, 'तुमसे कुछ बातें जाननी हैं।' उसने इशारे से रुकने को कहा। वह आँखें मूँदे थी। थोड़ा रुककर उस इशारे को आवाज़ की शक्ल दी, 'बात करती हूँ।' उसकी बात सुने बग़ैर जब मैं कमरे से निकलने लगा तब उसने अस्फुट-सी आवाज़ में, लगभग बुदबुदाते हुए कहा, 'रुको।'

*

'चाय?'

'नहीं।'

उसने रसोई की तरफ़ इशारा किया। वैसे यह गुज़ारिश अच्छी लगी थी। गैस के बर्नर की साँय-साँय वाली आवाज़, चाय पत्ती के खदबदाहट की आवाज़ हमें सँभलने का मौक़ा देने वाली थी, वरना ऐसे भी कोई मिलता है क्या।

गैस चूल्हा नीचे ही रखा हुआ था। मैंने मचिए की टेक लगाई, चाय बनाने के काम पर लगते हुए पूछा, 'क्या हुआ था?' वो चुप रही। समय लिया। फिर कहा, 'कुछ भी समझ में आता तब तो कुछ कह पाती। कॉलेज में भी सब सही चल रहा है। स्वामी देवानन्द डिग्री कॉलेज में वो पिछले पाँच वर्षों से पढ़ा रहा है और कभी-कभार अपनी ऐडहॉक वाली इस नौकरी की बात करता है। कुछ लोगों को लगता है कि रफ़ीक़ ऐडहॉक पर है और ठीक काम कर रहा है, इसलिए जब यह जगह स्थायी होगी तब रफ़ीक़ के लिए माकूल मौक़ा होगा। वो लोग चाहते हैं रफ़ीक़ कॉलेज छोड़ दे। हर वर्ष जब नए सिरे से नियुक्त होना होता है तब ये लोग कुछ अड़चन पैदा करते हैं। एकाध झड़पों का ज़िक्र वो करता है। लेकिन वो लोग इस हद तक नहीं जाएँगे। मेरा मन इसकी गवाही नहीं देता।'

मेरा मन लेकिन इस बात की गवाही दे रहा था। नौकरियाँ ज़िन्दगियों से क़ीमती होती जा रही थीं और कम से कम मैं होता तो उन लोगों को इस

शक से बरी नहीं करता कि रफ़ीक़ की गुमशुदगी में उनका हाथ है या नहीं। मैं होता? और कितना होऊँगा मैं तो कहला सकूँगा कि मैं हूँ? वर्तमान से भागने की अपनी आदत के लिए ढंग की पिटाई तो मैं अपनी ही कर सकता था। मैं हूँ। मैं पूरी तरह हूँ और तब तक के लिए कोई बरी नहीं है, जब तक रफ़ीक़ मिल नहीं जाता। यह शहर, यहाँ के लोग, किसी को भी कोई मोहलत नहीं मिलने वाली।

'रफ़ीक़ ने कभी उन लोगों के नाम बताए जिनसे इस मसले पर झड़प हुई हो।'

'जगदीश, कुशल को बेहतर पता होगा लेकिन एक कोई गुरुजी हैं और दूसरे एक रत्नशंकर मिश्रा। पहले ये लोग घर पर भी आते-जाते रहे हैं।'

मैंने उसकी बात को बढ़ने नहीं दिया। मुझे बहुत कुछ जानना था। सबसे पहले तो मुझे यही जानना था कि जिस राह पर मैं उसे छोड़कर आगे बढ़ गया था, उसका कितना ख़मियाज़ा किसने भुगता। लेकिन यह बेजा सवाल था और मैंने अपने आप को लगभग डपटा, यहाँ ज़िन्दगियों का सवाल आया पड़ा है और मैं अतीत का गुणा-भाग कर रहा हूँ।

'नोमा कैसे आ गईं? कहाँ करनाल की चमक और कहाँ यह क़स्बा नोमा।'

वो हँसने लगी। उसकी थकान उसे ठीक से हँसने भी नहीं दे रही थी। कुछ कहना चाहा लेकिन फिर-फिर हँसने लगी। आभास हुआ कि प्रश्न कुछ और ही होना चाहिए था। 'तुम्हारे दो भाई थे, न?'

उसने जवाब दिया। तसल्ली से जवाब दिया। वही सब कहा जो मैं बीती रात से सोच रहा था लेकिन सच कहूँ तो उसके मुँह से सुनना अच्छा नहीं लगा।

'भाइयों को हमारा रिश्ता पसन्द नहीं आया' इतना कहना भी काफ़ी हो सकता था और वह इतना कहकर रुक गई थी लेकिन जैसे उसे यह कहना ज़रूरी लगा हो, लगा हो कि कोई गुत्थी इस एकालाप से सुलझ सकती है, रफ़ीक़ और रफ़ीक़ का पता मिल सकता है। उसकी आवाज़ में तुर्शी छा गई थी और वह शुरू से आख़िर तक एक समान बनी रही। चेहरे पर लाल रंग जो छाया वो अन्त तक बना रहा। उसका ग़ुस्सा जायज़ था और जिसका पति खो जाए उसे पूरा हक़ है कि वो इस बुरी दुनिया को बुरी दुनिया कहे। दिक़्क़ततलब बात बस यह थी कि यहाँ मैं भी एक चरित्र था। सुनता रहा। रफ़ीक़ का मिल

जाना मेरे लिए इसलिए भी ज़रूरी था क्योंकि अपराधबोधों से मैं अपराध करने जितना ही डरने लगा हूँ।

'तुम्हें तो अपनी जाति में कोई चाहिए थी। यह बात तुम्हें सात-आठ सालों में समझ आई लेकिन मैं बहुत पहले समझ गई थी। तुम्हारी हरकतों ने मुझे सब कुछ सिखलाया। तुममें मना करने का साहस नहीं था इसलिए तुम खींचते रहे, बहाने-बहाने से मुझे 'डिमॉरलाइज़' करते रहे और जानते हो जब तुमसे अलग हुई तो मम्मी क़सम कोई अतिरिक्त दुख नहीं हुआ। उन्हीं दिनों रफ़ीक़ मिला। कुरुक्षेत्र विश्वविद्यालय में अस्थायी ही सही लेकिन उसकी नियुक्ति थी और तुम्हें जानकर आश्चर्य होगा, महज़ तीनेक मुलाक़ातों में हमने शादी करने की बात तय कर ली थी। लेकिन मेरे भाइयों को यह पसन्द नहीं आया। भाई उसे मार डालने पर उतारू थे और मुझे मार डालने की हद तक पीटा था,' और यह कहते हुए वो रोने लगी थी। 'इस आदमी ने हरियाणा छोड़ दिया। मित्रों की मदद से हमने यह क़स्बा और यह जगह ढूँढ़ी और नौकरी भी, जो पहले ही दिन से स्थायी होने वाली थी और आज पाँच वर्ष हो गए अस्थायी ही है।'

मैं चुप था।

उसने फिर कहा, 'समझे? और हाँ, अगर पुलिस रपट लिखती है तो भाइयों का नाम ज़रूर लिखाऊँगी। यह भी समझे या नहीं?'

थकान की वजह से उसके वाक्य पूरे नहीं पड़ रहे थे। थकान की वजह से उसकी ज़बान और होंठ एक साथ नहीं पड़ रहे थे। थकान की वजह से मुँह से थूक के रेशे उड़ रहे थे लेकिन उसने कहना जारी रखा। आख़िर का जो उसका वाक्य था वो न कोई पुराना राग लिये था और ना ही कोई ख़ुशामदी। महज़ उजड़ा हुआ एक पुल था जो अगर जोड़ सकता था तो हमें जोड़ सकता था, 'सामने देखो।'

'भाइयों को कुछ करना होता तो वो पाँच-छह वर्षों तक इन्तज़ार क्यों करते?'

'तुमने भी तो सात-आठ साल इन्तज़ार किया ही न, आख़िर क्या बिगाड़ा था मैंने तुम्हारा?'

उसका रोना नहीं रुक रहा था। वो रफ़ीक़ के लिए रो रही थी। मेरे लिए या अपने अतीत के लिए रोने के लिए कोई प्रश्न नहीं था। उसकी आवाज़ से

जब रोना भारी होने लगा तब वह रफ़ीक़ की लकार बाँधकर, उसे पुकार-पुकार कर, रोने लगी। वह रुलाई उस अकेलेपन के लिए भी थी जो शादी के बाद उसे समाज ने बतौर उपहार दिया होगा। छोटे वक़्फ़े के लिए ही सही लेकिन समाज से बहिष्कृत होने का हासिल मुझे भी है, बचपन की बात है, उसकी स्मृति से कहूँ तो अनसूया इतनी अकेली कर दी गई थी कि ख़ुद से भी ख़ुद का साथ छूट जाए। इस तरह रोई कि तीनों छात्र अन्दर आ गए। मैं उठकर उस तक आया, उस तक आया और माथा सहलाया। माथा सहलाया और लेटने में मदद करने लगा। लेटते हुए भी उसकी हिचकियों में रफ़ीक़ का ही नाम था।

मैं जानता था कि कोई सूत्र अगर निकलेगा तो घर से निकलेगा लेकिन मैं यह भी जानता थ कि इस पूरे मामले को सँभाल सकने की हैसियत शायद मेरी न थी। मेरा आरामतलब मिज़ाज बार-बार इस समस्या से निकल भागने की हिदायत दे रहा था लेकिन वही मिज़ाज यह भी आदेश दे रहा था कि मुझे अनसूया के इर्द-गिर्द रहना चाहिए। मेरा वही मिज़ाज यह भी बता रहा था कि अपने खोल के भीतर जो मैं हूँ वो उस स्वार्थी मनुष्य से अलग है जिसके सामने एक ऐसी स्त्री है, जो गर्भवती है, और जिसका रफ़ीक़ गुम गया है। गुमा दिया गया है।

कौन था यह रफ़ीक़?

ओह, सॉरी, कौन है यह रफ़ीक़?

कौन है?

*

अर्चना को एक सन्देश डाल दिया, मुझे यहाँ कुछ दिनों तक रुकना पड़ सकता है, फिर स्क्रीन देखता रहा।

*

मशीनी घड़ियाँ कितना बजा रही होंगी इसे जानने के लिए बाहर का एक नज़ारा भर काफ़ी था। प्रचंड धूप, शिखर पर तापमान और गहराइयों वाली उमस।

सब वैसे तो चुप थे लेकिन मेरे साथ मालिक मकान, जगदीश, कुशलपाल और मुकेश थे। नीचे सहदेव अपनी गाड़ी में सो रहा था। जब मालिक मकान ने भोजन के बारे में पूछा तब मुझे दूसरे बड़े प्रश्न का इलहाम हुआ, 'यहाँ ठहरने के लिए कोई लॉज या होटल है?'

मालिक मकान ने आदर्श होटल के बारे में बताया।

राधा चित्र मन्दिर यहाँ का इकलौता सिनेमा-थियेटर है और उसके दाहिने से एक सँकरी गली जाती है, उसमें तीसरा ही मकान आदर्श होटल के नाम से है। यह सोचकर कि तीन बजे हमें पुलिस थाने जाना था और यह भी सोचकर कि ये तीनों युवक भूखे होंगे, उन्हें अपने साथ लेते आया था। इस गली से आगे निकल जाने पर स्वामी देवानन्द महाविद्यालय का पश्चिमी दरवाज़ा आता है, ऐसा उन लोगों ने बताया। एकबारगी यह ख़याल आया कि कॉलेज चलकर रफ़ीक़ के सहकर्मियों से, अन्य छात्रों से मिला जाए, उसे जाना जाए लेकिन व्यवस्था-बोध ने इतना थका दिया था कि होटल जाना ही उचित लगा।

रिसेप्शन सीढ़ियों के नीचे था। उस लम्बी मेज़ पर दो लम्बे-चौड़े रजिस्टर रखे थे। रोशनी यहाँ भी कमतर थी। मेज़ के पीछे जो बन्दा था वह इतना नीचे धँसकर बैठा था कि मेज़ ठकठकाने के बाद जब वो नमूदार हुआ तो कुछ यों कि धरती फोड़कर निकला हो। उसके हाथ में एक किताब थी और यह बात ही कितनी सुखद थी कि उसके हाथ में किताब थी। यह क़स्बा समझ में आने का नाम ही नहीं ले रहा था। जगदीश ने वैसे पूछ लिया, 'तू कब से पढ़ने लगा भाई?' यह सवाल बूमरैंग कर गया क्योंकि तरउपरिया सवाल मुकेश और कुशलपाल का आया, 'तू कैसे जानता है इसे? यहाँ आता रहा है क्या?' जगदीश ने इसका कोई जवाब नहीं दिया।

रिसेप्शन वाले उस लड़के ने बताया कि बिजली और पुलिस यहाँ कभी भी आ सकती है। आपको अपना पहचान-पत्र दिखाना होगा। जब उपस्थिति रजिस्टर में अपना नाम-पता दर्ज करने की बात कही तो वह नाराज-सा हो

गया, कहने लगा कि फिर आठ सौ रुपए लगेंगे। बिना नाम-पते के रहूँ तो पाँच सौ रुपए लगने थे।

मज़ेदार यह था कि कमरा दिखाने के लिए भी यही लड़का आया। उससे भी मज़ेदार यह कि ड्राइवर के सोने के लिए कोई जगह नहीं थी लेकिन फिर भी उसने बताया कि इतने सारे कमरे ख़ाली ही रहते हैं, किसी न किसी में इन्तज़ाम कर देगा। मज़ेदारी बढ़ती गई जब जाना कि चाय और भोजन बाहर से मँगाना होगा। यह सिलसिला रुकने का नाम नहीं ले रहा था, उस लड़के ने बताया, पिछले दो वर्षों में मैं पहला ग्राहक हूँ जो किसी दूसरे शहर से आया है।

लड़के ने भला काम यह किया कि जो बिस्तर दिया वह साफ़ था।

*

'रफ़ीक़ क्या पढ़ाते हैं तुम्हें?'

'मुख्यत: स्नातक की कक्षाएँ लेते हैं। हमें उन्होंने सूर, प्रेमचन्द पढ़ाया है। परास्नातक में उन्हें कक्षाएँ नहीं मिलती थीं लेकिन जब से राधेश्याम शुक्ल की तबीयत बिगड़ी थी, तुलसी पढ़ाने का काम उन्हें ही मिला था।'

'मिला था नहीं, मिला है।'

'माफ़ कीजिए, मिला है।'

मैं ख़ुद पर झल्लाया। बेसिर-पैर के प्रश्न और उतने ही ख़राब उत्तर। मैं क्या जानना चाहता हूँ? रफ़ीक़ कहाँ है? तो सीधे यही क्यों नहीं पूछता। लेकिन किससे?

मैंने फिर इन तीनों से ही पूछा, 'क्या लगता है, रफ़ीक़ ख़ुद से कहीं चले गए हैं या कोई दुर्घटना घटी है? कोई रंजिश वग़ैरह?'

जवाब देने के लिए तीनों ने अपनी-अपनी बात शुरू की लेकिन कुशल की आवाज़ ज़रा ऊँची थी इसलिए बाक़ी लोग चुप हो गए। 'उनकी रंजिश किसी से हो भी नहीं सकती। आर्टिस्ट आदमी हैं हमारे रफ़ीक़ सर। उन्हें कहीं नहीं जाना था सर, चार दिनों बाद मंचन है, वही निर्देशक हैं...।'

उसकी बात पूरी भी नहीं हुई थी कि होटल के नीचे मचे शोर ने इस कमरे के हर संवाद को अपनी तरफ़ खींच लिया। सब बाहर निकले तो देखा

कि एक बुज़ुर्ग सज्जन सहदेव पर नाराज़ हो रहे हैं। गाड़ी को गली में खड़ी करने से रास्ता बन्द-सा हो गया था। मैं अतिरिक्त कोई उलझन नहीं चाहता था। माफ़ी माँगी और सहदेव से आग्रह किया कि मुख्य सड़क पर गाड़ी लगा ले और वहीं रहे। चलना होगा तब बुला लूँगा।

*

भोर ही से मैं लोगों के बीच था और मुझे अब एकान्त की तलब हो रही थी। एकान्त इसलिए कि मैं सोच सकूँ, क्या किया जाना चाहिए। एकान्त इसलिए कि मैं आईने में झाँकते हुए ख़ुद से पूछूँ, उन सिपाहियों के सामने अपना मेरुदंड निकालकर मेरा रख देना मनुष्यता में गिना जाएगा या नहीं? मैं इस क़दर डरपोक हूँ यह मैं नहीं जानता था। जबकि हक़ीक़त यह है कि अगर अपने पर बन आए तब मैं इस क़दर डरपोक नहीं हूँ। मेरे यक़ीन की दुनिया में डरने और डराने की कोई जगह ही नहीं थी।

मैंने आईना देखा।

स्पष्ट दिख रहा था कि शॉर्टकट अपनाने तथा काम निकालने की आदतों ने मेरे व्यक्तित्व को क्षरित कर दिया था। उस क्षरण को मैं विनम्रता का नाम देकर पाल-पोस रहा था। नतीजा यह हुआ कि जहाँ बराबरी में बैठने की ज़रूरत थी, वहाँ मैं रेंगकर पहुँचा।

यह ख़याल इसलिए भी कचोट रहा था क्योंकि पुलिसियों के सामने मेरे झुकने की नापाक हरकत से अनसूया और भविष्य के इन तीन योद्धाओं का भी मनोबल टूटा होगा।

*

रफ़ीक़ की डायरी, उसके नोट्स और अन्य लिखत-पढ़त वाली पीली पॉलिथिन खोलते ही बिस्तर पर उसके भीतर का पानी गिरा। डायरी का कवर भी फूल गया था। दो हज़ार तेरह की डायरी थी। भूरे रंग का आवरण था जिस पर दो जुड़े हुए हाथों का चित्र था। उसे खोलने के पहले प्रयास में दो गले हुए पन्ने

बाहर आ गए। उन पन्नों की स्याही फ़ैल गई थी लेकिन ऊपर वाले पन्ने पर लिखा, पढ़ा जा सकता था। पन्ने पर तारीख़ लिखी थी, सत्रह अप्रैल दो हज़ार पन्द्रह। पुरानी डायरी पर नई तारीख़ लिखकर काम चलाए जाने का मसला था, ऐसा मैं भी करता था लेकिन तब, जब डायरी कई हो गई हों और जिस वर्ष के लिए हों उस वर्ष में उनका इस्तेमाल न के बराबर हुआ हो। ऐसी डायरियों पर मैं नोट्स लिया करता था।

रफ़ीक़ के लिखे से जो दो पंक्तियाँ ग़ायब थीं यानी पानी से जिनकी स्याही मिट गई थी वो सही अनुमान नहीं लगाने दे रही थीं कि अस्पताल से निकलकर इन लोगों ने जाँच कराई थी या नहीं? उसके लिखे जो शब्द और अक्षर समझ आ रहे थे वो कुछ यों हैं :

> *17/4/2015*
>
> *डॉक्टर ने रिक्शे की सवारी करने से मना किया है। मैं भी मना करता हूँ। ऑटोरिक्शा भी नहीं चाहिए। डॉक्टर का कहना है कि अगले दो महीने तक ऐसे किसी भी वाहन का इस्तेमाल अनसूया के लिए मना है जिसमें शॉकर नहीं होता है। अगली जो जाँच मैडम ने लिखी है वो देवरिया या गोरखपुर में सम्भव है। उन्हें खटका है कि भ्रूण, और मैं भ्रूण क्यों कहूँ, भ्रूण डॉक्टर मैडम के लिए होगा, मेरे लिए तो मेरा बच्चा है, की गतिविधियाँ कम हैं ******* इससे पहले कि अनसूया निगरानी के अपने किरदार में आए, कल कॉलेज जाते हुए आर.के. एजेंसी वाले मधुसूदन से पैसे का तगादा करते हुए जाना होगा।*

*

फटेहाल और गीली डायरियों को किनारे कर देखा कि घड़ी दो बजा रही थी। फ़ोनबुक छान गया। सुकून की तलाश में कुछ नाम ऐसे मिले जिनसे मैं यहाँ की दिक़्क़तों को साझा कर सकता था, जिनसे मदद माँग सकता था। किसी को फ़ोन करता उससे पहले ही जहाँ मैं मुलाज़िमत करता था उस प्रकाशन- गृह

के मालिक और मेरे वरिष्ठ अधिकारी को फ़ोन आया। मैंने बेधड़क पूरी बात बताई। यहाँ मुझे यह छुपाने की ज़रूरत नहीं थी कि मैं अनसूया का दोस्त रहा हूँ और ना ही यह कि आज सिपाहियों के सामने लगभग गिड़गिड़ाना पड़ा। यह बात बताते हुए मैंने ज़ोर दिया था। दो बार पूरी तरह दुहराया और तीसरी दफ़ा बस सूचित किया कि वह हरकत मुझ पर ही नागवार गुज़री है, दूसरों की कौन कहे?

वो मुझे अन्त तक सुनते रहे। रफ़ीक़ का नाम, उसके महाविद्यालय का नाम, नोमा का नाम, देवरिया का नाम, गोरखपुर का नाम दुबारा पूछा। सब सुनने-समझने के बाद मुझे आश्वस्त किया, 'तुम्हारे पास फ़ोन आएगा।' दुबारा आश्वस्त किया, 'कोई भी मुश्किल हो अर्जुन, मुझे तुरन्त ख़बर करना।'

राजनीतिक सम्बन्धों के जिस इस्तेमाल के लिए मैं इनकी आलोचना करता था, शायद आज वही मेरे काम आने वाले थे।

अपनी सुविधा के लिए हम सब इसे दरोगा कहेंगे लेकिन वो सर्किल ऑफिसर के चमत्कारिक पद पर था। उसे कुर्सी पर बैठे हुए देखना भी उसकी लम्बाई का अनुमान बता रहा था। जब वह हमारे लिए स्वागत भाव से खड़ा हुआ तो लगा कि साढ़े छह फीट से कम नहीं रहा होगा। आधी बाजू की कमीज शरीर से चिपकी हुई थी। लहजा नम्र। सुदर्शन की परिभाषा। शलभ श्रीनेत।

कड़ी धूप थी।

थाने के अहाते में प्रवेश करते हुए देर सुबह का अपना कायरतापूर्ण बर्ताव आँखों के सामने नाचने लगा। दृश्य दर दृश्य। जैसे पुनर्प्रस्तुति हो। लोग, संवाद यहाँ तक कि रोशनी का अनुपात, हवा-बतास सब सामने खुल रहा था। थाना-भवन के भीतर आते हुए लगा कि वे तीनों सिपाही मुझे न दिख जाएँ। और वाह री क़िस्मत! वे तीनों वहीं थे। उनसे एकाध बार नज़र भी मिली लेकिन न सिर्फ़ मैंने बल्कि उन लोगों ने भी यही ज़ाहिर किया कि आज की सुबह जैसे कभी हुई ही न हो। कभी हम मिले ही न हों। कभी उन्होंने अनसूया के पेट पर बेंत रखी ही न हो, कभी मैं गिड़गिड़ाया ही न होऊँ। ये सब कभी सम्भव न हुआ होता लेकिन इस कभी का आख़िरी सिरा, कभी रफ़ीक़ लापता हुआ ही न हो, ग़ायब था।

पीपल के किनारे चबूतरा बना था और उस पर लिखा था, बुधवार—साप्ताहिक कार्य निवारण दिवस। पत्थरों की बनी एक बेंच थी जिस पर चारेक सिपाही एक सिख युवक के साथ बैठे थे। वो सभी हँसी कर रहे थे। ऐसा नहीं लग रहा था कि सिख युवक उनके समूह से बाहर का हो। उस युवक को देखते ही जगदीश और उसके साथी मुस्कुराए। इनके मुस्कुराने का जवाब

उसने अपना हाथ ऊँचा उठाकर दिया था। ये लोग उससे मिलने भी गए और क्षणिक दुआ-सलाम के बाद वापस लौट आए थे।

हम दस-ग्यारह लोग थे। अनसूया थी। उसे दरोगा के सामने वाली कुर्सी पर बैठने के लिए कहा गया लेकिन वो किनारे पड़ी बेंच पर ही बैठी। इस बार पाँच छात्र थे। एक मैं, मकान मालिक और रफ़ीक़ के तीन सहकर्मी। ये तीनों अध्यापक थे। इन तीनों का परिचय यह था कि तीनों छात्रों के आग्रह पर साथ आए थे और उनमें दो, अरविंद श्रीवास्तव और रोहिताश्व, हिन्दी के अध्यापक थे और तीसरे सज्जन, सदानन्द मिश्रा, गणित विभाग से थे। सबके बैठने की जगह नहीं थी। दरोगा ने मुझसे अनेक आग्रह बैठ जाने के किए लेकिन मैं आदरपूर्वक इनकार करता रहा।

कहीं न कहीं से बात शुरू करनी थी इसलिए उसने ही शुरू किया, 'बताइए इतना बड़ा साहित्यकार हमारे शहर आया है और किसी को ख़बर भी नहीं।' उसे लगा होगा कि बात के पैर सटीक नहीं पड़ रहे इसलिए उसने दुबारा उत्साह दिखाया और इस बार शिक्षकों से सुर में सुर मिलाने के आग्रह वाले अन्दाज़ में कहा, 'रुकिए, आपका सम्मान करवाते हैं।'

यही बेढब बात थी। साहित्य की दुनिया में यह वाक्य हमेशा तृतीय पुरुष में बोला जाता रहा है कि अमुक ने तमुक का सम्मान करवाया लेकिन आज यह मेहरबानी भरा वाक्यांश मुझ पर ही आजमा दिया गया। यह मैं जानता था कि वह दरोगा है। वह भी यह जानता था कि वह दरोगा है लेकिन उसके मन में कहीं यह संशय न आ जाए कि वह नहीं जानता कि मैं नहीं जानता कि वह दरोगा है या नहीं, इसलिए उसके आग्रहों और विनम्रताओं का जवाब देने का यह माकूल मौक़ा था, 'सर, आप रफ़ीक़ को ढूँढ़ दीजिए, वही हम सबका सामूहिक सम्मान है। इस स्त्री को देखिए, सातवाँ महीना चल रहा है और रपट लिखवाने के लिए थाने-थाने घूम रही है।'

उसने इस एकालाप से पहले-पहल सिर्फ़ एक शब्द पकड़ा, 'सर।' 'अरे आप मुझे सर न कहें।' उसकी बात पूरी सुने बग़ैर मैंने आवाज़ को एक ज़रा भारी किन्तु विनम्र करते हुए कहा और सबको सुनाते हुए कहा, 'सर, आप सर कहे जाने के क़ाबिल हैं इसलिए सर कह रहा हूँ, आप जो पुलिसवाले हैं वे समाज के लिए ढाल हैं, आप उतनी ही सेवा देश

के भीतर कर रहे हैं जितनी सैनिक देश के बाहर करते हैं। आप सबों की बहादुरी और संघर्ष के क़िस्से किताबों में मिलते हैं।' मुझे भी नहीं मालूम कि मैं क्या-क्या कहे जा रहा था। उसने अलबत्ता टोका, 'हमारे संघर्षों को क़िस्से न कहिए श्रीमान। वह हक़ीक़त है। कहानियाँ लिखने का काम आप लोगों के जिम्मे है।' मुझे लगा कि बात उलटी पड़ गई लेकिन उसने हँसते हुए बात सँभाल ली।

मेरा यह एकालाप लम्बा खिंचता लेकिन बीच में कोई फाइल देखते हुए दरोगा ने अनसूया से पूछा, 'जानकी को आप भी जानती हैं।'

अनसूया ने सबको देखा, बारी-बारी से कहा : जी।

दरोगा : उस लड़की के गायब होने की खबर आ रही है। आपके पति, वो क्या पुकारते हैं आप लोग, शौहर, वह कब से घर से नहीं लौटे?

अनसूया : कल मैं तीन बार आपके थाने पर आई। लगभग सारा दिन यहीं गुज़रा।

फिर दरोगा ही : कब से घर नहीं आए?

अनसूया : शनिवार से।

दरोगा, उस तीसरे सिपाही को देखते हुए : और आज सोमवार है।

दरोगा, मुझसे मुखातिब होते हुए : सर, पुलिस ने अपना काम जारी रखा है।

दरोगा, सबसे : एक आवेदन पत्र लिखकर दीजिए।

दरोगा, तीसरे सिपाही से : बृजनन्दन जी, 'रिसीविंग' दे दीजिए।

दरोगा, अनसूया से : पुलिस अपना काम करेगी लेकिन क्या आपको किसी पर शक है?

दरोगा, मुझसे : आप इन्हें कैसे जानते हैं?

दरोगा, बिना जवाब का इन्तज़ार किए, अनसूया से : पुलिस की शुरुआती जाँच से पता चला है कि आपके घरवाले, ख़ासकर आपके दो भाई, आपकी शादी के ख़िलाफ़ थे और आप लोग यहाँ उनकी नाराज़गी से बचने के लिए रह रहे हैं।'

यह कहते हुए वह दरोगा मुझ तक उठकर आया, मुझसे बाहर आने को कहा और आगे-आगे चलते हुए खुले बाग़ीचे में निकल आया।

*

बाहर तीन कुर्सियाँ रखी थीं। दरोगा यानी शलभ बाग़ीचे की तरफ़ मुँह कर बैठा था और मुझसे बातें करते हुए हर आने-जाने वाले के नमस्कार या मुस्कराहट का जवाब अपनी मुस्कान से दे रहा था। जहाँ मैं बैठा था वहाँ से थाने के भीतर का हिस्सा दिख रहा था। दिख रहा था कि साथ आए लोग धीरे-धीरे बाहर निकलने लगे हैं। दिख रहा था कि लोग अपने फ़ोन पर या आपसी बातचीत में मशगूल होते जा रहे हैं। और यह भी दिख रहा था कि अनसूया वहाँ उसी बेंच पर बैठी है और सम्भावना की हद तक अपने शरीर को आगे की ओर खींचते हुए बाहर देख ले रही है। उसकी आँखें अब हूबहू वैसी ही दिख रही थीं जैसी मुझे याद हैं।

'आपको क्या लगता है, कहाँ ग़ायब हुआ होगा वह आदमी?' दरोगा का प्रश्न था।

'सर, यह तो मैं आपसे जानना चाहता हूँ। पुलिस से भला क्या छिप सकता है।'

'आप लेखक लोग पुलिसवालों से खामखाँ नाराज रहते हैं।'

'इस सरलीकरण पर मेरा यक़ीन नहीं है।'

'आपकी कोई बात हुई हो, रफ़ीक़ के पड़ोस में, उसकी पत्नी से' यहाँ वह जवाब जानने के लिए नहीं रुका बल्कि कहना जारी रखा, 'दोनों साहसी हैं वरना दूसरे धर्म में कौन शादी करता है।'

इस बात पर कुछ भी कहना बात को बेतुका रुख़ देना होता इसलिए मैंने अपनी असमर्थता जता दी। वो लेकिन तैयार बैठा था, अपना सवाल भूला नहीं था।

'आप इन लोगों को कैसे जानते हैं?'

'अनसूया मेरी दोस्त है।'

'लेकिन सुबह शायद आपने यह बता दिया था कि आप इसके पति, क्या कहते हैं ये लोग, इसके शौहर के दोस्त हैं।'

पीछे से किसी के सैल्यूट ठोंकने के साथ 'जयहिन्द सर' कहने की आवाज़ आई। कोई सिपाही होगा यह सोचते हुए घूमा तो देखा कि सुबह वाला दूसरा सिपाही है। वही जिसके आगे मैं रिरिया रहा था। वह 'चाय-नाश्ता तैयार है, जनाब जब कहें तब लगा दूँ' कहने आया था। जवाब में 'जल्दी' सुनकर सरपट लौट गया।

उसने अपनी बात जारी रखी, 'अगर रफ़ीक़ और जानकी के साथ गुमशुदा होने में कोई धागा जुड़ता हुआ दिखा तब आपके यहाँ होने को दूसरी नज़र से देखा जाएगा।'

मैं उसके इशारे समझ रहा था। मैंने उससे हँसते हुए लेकिन तसल्ली से पूछा, 'आपको सिर्फ़ यही बताया गया कि मैंने सुबह क्या कहा था?'

दरोगा, 'और भी कुछ हुआ था क्या?'

मैंने फिर पूछा, 'एफ.आई.आर. लिखी जाएगी या नहीं?'

वह कमज़ोर नहीं दिखना चाहता था इसलिए बोला, 'लिखने-पढ़ने से पहले ही उसे ढूँढ़ लेंगे श्रीमान!' और उठ खड़ा हुआ। फिर कहा, 'आज शाम का डिनर आप हमारे साथ कीजिए।'

मुझे सहमत हो जाने के अलावा दूसरी कोई प्रतिक्रया आती नहीं। नहीं लिखी जानी है तब एफ.आई.आर. का नियम भी बनाना फ़िजूल है। मेरे वरिष्ठ अधिकारी की पैरवियों का सिक्का चलता नज़र आ रहा था और नहीं भी आ रहा था। साथ में डिनर की बात का कोई मतलब नहीं था सिवाय इसके कि मैं एक नए और अजनबी शहर में था।

*

जब हम लोग वहाँ से चलने लगे तब एक सिपाही ने अनसूया के हाथ में एक रुक्का पकड़ाया। यह हमारे आवेदन-पत्र की प्रति थी, जिस पर एक मुहर लगी थी और घसीटे अक्षरों में दो हस्ताक्षर थे।

होटल में जितना सन्नाटा था उससे मुझे अनुमान हुआ कि इस होटल में रुका हुआ मैं अकेला मेहमान हूँ। रिसेप्शन पर वही लड़का था। मोबाइल देखने में व्यस्त था। उसका नाम जानने की इच्छा हुई लेकिन टाल दिया। सीढ़ियों पर इतना अँधेरा था जितना अकेले होने के लिए आपको चाहिए होता है। कमरे के दरवाज़े पर पड़ा ताला बड़ी मुश्किल से खुला, देर तक चाभी घुमानी पड़ी। चाभी पूरी की पूरी घूम जा रही थी और उसके दाँत ताले पर पकड़ नहीं बना पा रहे थे। जब खुल गया तब दरवाज़ा बड़ी मुश्किल से ही बन्द भी हुआ।

एक-दूसरे में गुँथे उलझी-पुलझी तारीख़ों वाले रफ़ीक़ की डायरी के खुले पन्नों में से एक किसी स्क्रिप्ट या नाटक का हिस्सा लग रहा था और दूसरे पर एक कलात्मक वाक्य दर्ज था। कलात्मक इसलिए कह रहा हूँ क्योंकि जहाँ वाक्य समाप्त हो रहा था उसके ठीक नीचे लिखा था कि नाटक में इस शिल्प में एक संवाद होना चाहिए। वाक्य कुछ इस तरह था : जगदीश कह रहा था कि प्रेम कह रहा था कि कुशलपाल कह रहा था कि गोविन्द चाहता तो नहीं लेकिन बता रहा था कि मालवीय परिवार शायद न चाहे इसलिए राजशेखर का कहना था कि दोल मेले में इस नाटक के मंचन की अनुमति के लिए सुरेन्द्र प्रताप मालवीय जी से मिलना होगा और यह मिलना चेयरमैन श्रीरामराघव सिंह के कहने पर होगा। इस पन्ने पर तारीख़ जो दर्ज थी वो सात जुलाई दो हज़ार पन्द्रह की थी।

दूसरे पन्ने पर यह तारीख़ दर्ज थी :

29/6/15

बड़ी मुश्किल से नियाज़ का पता मिला। उससे भी बड़ी मुश्किल से नियाज़ मिलने के लिए राजी हुआ है। अमनदीप सिंह से मिलना हुआ। उसे बर्ख़ास्त कर दिया गया है। एक ही मुलाक़ात में वो आदमी नायक बनता हुआ दिखा। उसे इस पर एतराज नहीं कि उसके नाम का और काम का इस्तेमाल हम लोग अपने इस नाटक में कर रहे हैं।

अनुराधा के घरवालों ने भी मिलने से इनकार कर दिया। कुशलपाल की ही बात हुई है उनसे। कह रखा है, जो भी बात है फ़ोन पर कर लेंगे।

ज़िन्दगी और मौत के झूले से ख़ुदा अनुराधा को निकाले।

इस नाटक में समर्पण एक अंक होगा। शुरू में सारे पात्र एक साथ खड़े होंगे और एक स्वर में अनुराधा को याद करेंगे।

शीर्षक क्या होना चाहिए?

पन्नों के गीलेपन ने उन्हें पढ़ने की हालत में नहीं रख छोड़ा था। यह तो एक बात है, दूसरी बात है कि इस अतिशय डूब ने यह चुनने का रास्ता भी नहीं दिया था कि गीले और अक्षर मिटे पन्नों के बीच कोई सूखा पन्ना चुन लिया जाए। काफ़ी मशक्कत के बाद तीन पन्ने ऐसे मिले जो गीले नहीं थे लेकिन नमी ने उन्हें तरल बना दिया था। उँगलियों के हलके दबाव से वो चीथड़ों में बदल रहे थे।

15/4/15

रत्नशंकर गुरुजी अपमान-कला में निपुण होते जा रहे हैं। उन्हें मैं पसन्द नहीं हूँ यह अब समूचे शहर को मालूम है। जो बेमालूम-सी बात है वह यह कि मैं भी उनका सम्मान नहीं करता। अगर सम्मान करता होता तब शायद यह अपमान बर्दाश्त कर सकना असम्भव हो जाता। कोई सरल-सुगम मौक़ा रहा होगा जब मैंने उनसे कहा था कि जब आप साथ में गनर लेकर चलते हैं तब आपको अपना मुँह चलाने की क्या ज़रूरत

पड़ती है। आज भी उन्होंने अफ़सोसनाक हरकत की। शिक्षा सदन से साइकिल स्टैंड दूर पड़ता है। किसी स्टेडियम से भी बड़ा मैदान है। इसे तिर्यक पार करने का अपना रोमान है। जब लू चलनी शुरू होती है, मसलन ग्यारह-साढ़े ग्यारह बजे तब इसे पार करते हुए मुझे एक ही दृश्य बार-बार याद आता है जो 'देसपरेडो' फ़िल्म का पहला 'सीक्वेंस' है। जिसमें अन्तोनियो बैन्द्रियाज बड़े चौराहे को तिरछा निकलते हुए पार करता है। उसका शरीर भीगा हुआ है और वो कमर के ऊपर वस्त्रहीन है, सीना रेगिस्तान की तरह चौड़ा है, पतलून से टपकती हुई बूँदें उसकी चाल में चाल मिलाती हैं। आता हुआ एक ट्रक यों रुकता है जैसे बैन्द्रियाज की ख़ूबसूरती को सलाम करने के लिए रुका हो। जैसे उसकी चाल से कुछ सीखने के लिए रुका हो। इस दृश्य के बाद मुझे दूसरा कुछ नहीं याद आता, यहाँ तक कि उस फ़िल्म का नाम भी नहीं कि वह 'देसपरेडो' है या 'वंस अपॉन अ टाइम इन मैक्सिको।' यह दृश्य, ऊपर वर्णित दृश्य तब भी याद आता है जब मैं किसी दूसरे को अकेले यह मैदान पार करते हुए देखता हूँ। उम्मीद है कि एक दिन कुशलपाल को हूबहू इसी अन्दाज़ में चलना होगा, मैदान पार करना होगा और मुझे वीडियो शूट करना होगा। लेकिन आज यह हुआ कि जब मैं अपनी साइकिल तक पहुँचने वाला था तभी पीछे से पान की गिलौरी में भीगी मुझे पुकारती हुई एक आवाज़ आई। पीछे पलटकर देखा, रत्नशंकर गुरुजी बरामदे में अपने गनर और कुछ छात्रों के साथ खड़े हैं। उनके छात्र उनके सामने मुझे नमस्कार तक नहीं करते लेकिन पीछे मुझे ग़नीमत जितनी इज़्ज़त देते हैं। उनके इशारे में मुझे वापस बरामदे तक बुलाने का संकेत था। मैं फिर यह मैदान पार कर रहा था। बरामदे तक पहुँचा तब तक वह फ़ोन पर व्यस्त हो गए थे और टहलने के अन्दाज़ में आगे बढ़ गए थे। मैं उनके छात्रों के साथ उनका

इन्तज़ार करने लगा। क़रीब चालीस मिनट बाद वह लौटे और जब लौटे तब सबसे पहले मुझसे पूछा : यहाँ कैसे? मैं चकित नहीं हुआ। उनके छात्र अलबत्ता उनके अन्दाज़ पर हँस रहे थे या हँसने का अभिनय कर रहे थे यह स्पष्ट नहीं हुआ। मैंने कहा : गुरुजी आपने ही बुलाया था। उन्होंने हिकारत और दया को एक साथ घोलकर कहा : मैं तुम्हें क्यों बुलाऊँगा, कुछ ग़लतफ़हमी हो गई होगी, चलो, जाओ। इतना कहकर वो अपने छात्रों के साथ हँसी-ठट्ठे में शामिल हो गए। मैं उनका जवाब दे सकता था। जवाब देना चाहिए था या नहीं से विकट प्रश्न मेरे सम्मुख यह था कि इस सूअर से उलझना कितना उचित होगा। यह सब सोचते हुए मैं वहीं खड़ा था कि वे दुबारा पलटे और पूछा : कोई काम है क्या? मैंने इनकार में सिर डुलाया और कहा : आपसे मुझे क्या काम होगा गुरुजी, ऐसे ही चला आया। दिक़्क़त यह है कि अक्सरहा का यह अपमान असहनीय होता जा रहा है लेकिन दूसरी दिक़्क़त यह भी है कि कहूँ तो किससे? अच्छा हुआ कि समय के साथ-साथ ज़्यादातर वरिष्ठ शिक्षक मेरे मन से उतरते गए थे वरना जीना मुहाल कर देते।

अक्सर यह समझने में चूक हो जाती है कि हिंसा का जनक कोई आसमानी ताक़त है या हम मनुष्य?

17/5/15

आर.के. एजेंसी वालों ने बीज कम्पनी के लिए नाटक तो करा लिए लेकिन भुगतान कब करेंगे। कहानी वही रखनी थी : अमीर किसान बनाम ग़रीब किसान। जिन्होंने उस कम्पनी का बीज चुना वो अमीर बन गए। मैंने पात्रों के नाम बदलने चाहे लेकिन एजेंसी वालों ने दुखीराम और सुखीराम का ही ढोल बजाया। भुगतान महीनों से रोककर रखा है, कल उनसे मिलते हुए महाविद्यालय जाना है। दद्दा जैसे बड़े आदमी के

ख़ानदान से जुड़े लोगों की कम्पनी है लेकिन फ़ितरत लुटेरों की सी हो गई है। छोटे-मोटे कामों का पैसा भी रोके रखते हैं।

अनसूया की सभी जाँच-रिपोर्ट सकारात्मक है। तीसरा महीना है। उसे लगता है बेटा होगा। मुझे लगता है, अपना प्यार।

13/4 /15

गर्मी की इस छुट्टी में युन फोस्से के दो नाटकों की तैयारी करानी है। कुशल, मुकेश और जानकी को फोस्से का 'दि गर्ल ऑन सोफ़ा' नाटक पसन्द आ रहा है। वह इसलिए पसन्द है क्योंकि उसमें निर्देशकीय 'स्कोप' बहुतायत में है। इस बार अपना 'वीटो' नहीं चलाना है और नाटक वही तैयार होगा जिसे विद्यार्थियों का मत मिलेगा लेकिन मैं और जगदीश 'मेलान्कोलिया' खेलना चाहते हैं। कल शाम की बैठक में देखें इन नाटकों पर कौन सा नाटक मचता है।

डायरी का पहला अंश पढ़कर मिज़ाज कसैला हो गया। संविदा शिक्षकों के ऐसे हालात पर क्या कभी उन्होंने ग़ौर किया होगा जिन्होंने एड-हाक्किज़्म बनाया। आश्चर्य इसका भी हुआ कि संविदा पर रहते हुए ख़ुराकपुर्सी से अलग रंगमंच के लिए समर्पित हो पाना भी एक बड़ा काम रहा होगा। कितना तटस्थ रहना होता होगा, मन में जीवन के प्यारे पक्षों को लेकर, उन्हें सँजोने को लेकर, कुछ कर गुज़रने की इच्छा जैसी कितनी मीनारें खड़ी होंगी।

आख़िरी हिस्से को पढ़कर हैरत इस बात की हुई कि नोमा जैसे क़स्बेनुमा शहर में रहते हुए, ऐडहॉक की नौकरी करते हुए, बिना किसी शोर-ओ-गुल के यह बन्दा युन फोस्से के नाटकों को न सिर्फ़ पढ़ रहा है, बल्कि उन्हें छात्रों के साथ मिलकर मंचित भी कर रहा है।

रफ़ीक़ से मिलना, उस धुनी मनुष्य को देख सकना, अब अपना व्यक्तिगत उद्देश्य होता जा रहा था। लगा कि जिस ख़ास समय में रफ़ीक़ को मेरी ज़रूरत थी, या कम से कम जो मुझे लग रहा था, उसी समय में रफ़ीक़ किसी जादू की तरह मेरी ज़िन्दगी के अनसुलझे प्रश्नों का जवाब बनकर आता दिख रहा था।

जब कोई अन्य पन्ना खुलता नहीं दिखा और हर प्रयास में काग़ज़ फटते ही रहे तब मैंने निर्णय लिया कि हरेक पन्ने को एक-एक कर पूरे कमरे में फैला दिया जाए। शुरुआत मैंने अलमारी से की। लकड़ी की उस अलमारी में तीन ख़ाने थे। नीचे वाला ख़ाना बड़ा था लेकिन उसका बड़ा होना मेरे किसी मतलब का नहीं था। मुझे सतह पर ही काग़ज़ों को फैलाना था। काग़ज़ों के फैलाने के साथ मन के भीतर बेचैनी का एक गूमड़ उमड़ता जा रहा था। फैलाने के क्रम में एकाध अक्षर या एक-दो कोई शब्द रोशनी की तरह चमक जाते लेकिन मुझे उन्हें समूचेपन में पढ़ना था।

अलमारी के निचले ख़ाने की सतह पर छह पन्ने ही पसर सके। इस तरह क़रीब बीस पन्नों के सुखाने का इन्तज़ाम इस अलमारी के ज़रिए हो सकता था। ऊपरी ख़ाने में काग़ज़ों को फैलाते हुए वो चार हैंगर दिखे, जिनमें से दो पर मेरे कपड़े थे। उन कपड़ों को बिस्तर पर डाल दिया और उन चार हैंगर पर रजिस्टर के तीन-तीन पन्ने, एक के ऊपर एक, टाँग दिए। पंखे की हवा में वो पन्ने फड़फड़ा रहे थे। पंख की तरह या किसी भी अन्य की तरह नहीं। अपनी तरह। जैसे काग़ज़ फड़फड़ाते हैं। यह उनके सूखने का या सूखते चले जाने का शुरुआती लक्षण भी हो सकता था।

इसी क्रम में दूसरी नोटबुक तथा दोनों डायरियों के पन्नों को कमरे के फ़र्श, वाशरूम के बेसिन तक पसार दिया था। फिर भी जब बहुत सारे पन्ने बचे रह गए तब उन्हें बिस्तर पर, अपने सोने भर की जगह छोड़कर, पसार दिया। बिस्तर पर एक के ऊपर एक यानी दो पन्ने तरउपरिया फैलाए थे।

लेकिन पन्ने ख़त्म होने का नाम नहीं ले रहे थे।

अपनी क़मीज़ और पतलून को एक तरफ़ खिड़की और दूसरी तरफ़ पलंग के सिरहाने से बाँधकर अलगनी बनाई और बाक़ी बचे सारे पन्ने उस पर फैला दिए।

पूरा कमरा अक्षरों से, शब्दों से, वाक्यों से, उनके अर्थों से और सबसे बड़ी बात कि रफ़ीक़ के होने और न होने की सम्भावना से पटा पड़ा था। यह थका देने वाली कवायद क़रीबन आधे-पौन घंटे तक चली होगी इसलिए ख़त्म करते ही बिस्तर पर मैं ख़ुद भी पसर गया और यह सोचकर डर गया

कि थोड़ी देर पहले मैं जिन शब्दों में रफ़ीक़ के ग़ायब होने की सम्भावनाओं को तलाश रहा था, कहीं मैं भी उनमें से तो एक नहीं था।

इन शब्दों के बीच पड़े-पड़े मैं भी एक शब्द सा ख़ुद को प्रतीत होने लगा था। वह शब्द गुमशुदा, लापता, ग़ायब, खो जाना, बिला जाना कुछ भी हो सकता था लेकिन इनमें से कुछ भी नहीं था। मेरा मन इन संज्ञाओं को रफ़ीक़ पर आरोपित करने हेतु तैयार नहीं हो पा रहा था। गुमशुदा लोगों के लिए इतने विज्ञापन दिख जाते हैं लेकिन आज से पहले कभी यह ख़याल नहीं आया कि मनुष्य पर इन संज्ञाओं को निरूपित करना अमानवीय है। मसलन, वस्तुओं के लिए प्रयोग में लाये जाने वाले क्रूर शब्द मनुष्यों पर कितने ख़राब लग सकते हैं, यह बात समझ में आ रही थी और नहीं भी आ रही थी। मनुष्य की गरिमा को साबूत रखने के लिए कहना चाहिए कि रफ़ीक़ घर नहीं लौटा है। इस वाक्यांश में उम्मीद का सूरज है जो सम्भव है उगा न हो, लेकिन है। इस पृथ्वी पर मनुष्य को इतनी आज़ादी होनी चाहिए कि वो चाहे जब घर लौट आए। पत्नी की आँखों में ही हो, पति-पत्नी के अरमान में ही हो लेकिन लौटने के लिए एक घर होना चाहिए। इस सुखद ख़याल से कि रफ़ीक़ के पास लौटने के लिए लोग हैं, घर है, नींद ने मुझे हर तरफ़ से घेर लिया।

रिसेप्शन वाले लड़के ने जब कमरे की घंटी बजाई, तब मुझे भय हुआ कि कोई कमरे में फैले इन काग़ज़ों की पड़ताल करने न आ जाए। जब मैं तैयार हुआ और इस तरह जब तक मैं नीचे आया तब तक यह ध्यान नहीं दिया था कि मुझे ले जाने के लिए कौन आया है? शलभ श्रीनेत ख़ुद आया था। झूठ नहीं बोलूँगा लेकिन पुलिस को लेकर मन में पड़ी घृणा की चट्टान ज़रा दरकी। गाड़ी के लिए ड्राइवर था लेकिन मुझे सामने बैठाया। ड्राइवर को किसी दूसरे साधन से आने का संकेत करते हुए वह ख़ुद ही जिप्सी चलाने लगा। उसकी सदाशयता में भीगते हुए मैं बस इतना भर पूछ पाया, 'देर तो नहीं हुई?'

उसके बाद मैं चुप ही चुप रहा। बोलने-बताने का जिम्मा शलभ के पास था। उसने बताया कि शाम की इस महफ़िल में शहर के कई गण्यमान्य नाम भी आ रहे हैं। दरअसल दोल मेले की तैयारी चल रही है। उसके आयोजक समिति के कुछ लोग हैं, आपको उनसे मिलकर अच्छा लगेगा। उसे लगा होगा कि मुझे दोल शायद समझ न आया हो इसलिए विस्तार से बताने लगा, 'जन्माष्टमी के दिन यहाँ दोल मेला लगता है। सन् 1918 से लगता आ रहा है। हज़ारों-हज़ार की संख्या में लोग आते हैं। संगीतोत्सव होता है। इस बार हरिप्रसाद चौरसिया आमंत्रित हैं।' जब सब कुछ बता ले गया तो हँसते हुए बताया, 'कुश्ती का आयोजन भी होता है। शारीरिक और राजनीतिक, दोनों। मैं तो कहूँगा, आप तीन दिन रुक जाओ, लोकसंस्कृति का यह अद्‌भुत नज़ारा देखते हुए जाना। मैं भी पहली बार ही देखूँगा।'

उसे क्या सूझा कि विषय बदल दिया, कहने लगा, 'मैं फ़िल्मों में अभिनय करने गया होता तो शायद आज नज़ारा कुछ दूसरा होता।'

मैं सुन रहा था। जहाँ उचित समझता 'हूँ' कर देता या उसका साथ देने के लिए हँस देता। मुझे यह ज़रूर भान हुआ कि इस दोल मेले का नाम कहीं पहले भी सुन रखा है।

*

आलीशान घर। देखते ही मुँह से निकला, 'ये आपका है?' उसे अपने इस घर की यह तारीफ़ दुबारा सुननी होगी इसलिए शरमाया और कहा, 'आप सबका आशीर्वाद है।' सभी फर्नीचर अपने सफ़ेद रंग में दूर से ही चमचमा रहे थे। लॉन किसी गोल्फ मैदान का हिस्सा लग रहा था। घास इतनी नर्म और झुकी हुई कि अभी-अभी कोई नायिका उस पर बैठकर उठी हो। शाम और अकेलेपन का एहसास कराती अलसाई हुई रोशनी।

मुझे लॉन में छोड़कर अन्दर गया और फिर थोड़ी देर में अपनी पत्नी के साथ आया। उसकी पत्नी को देखकर उसकी उम्र का अनुमान लग सकता था। सुनीता, यही नाम बताया था, को देखकर लग रहा था कि समृद्धि ने उसकी सुन्दरता में अपरूप इज़ाफ़ा कर दिया है।

उनका आतिथ्य कमाल का था। वो दोनों मुझे साथ में घर ले जाने के लिए बाहर आए थे। मेहमान पहले से आए बैठे थे। अमूमन शुरुआती परिचय में सबके नाम याद नहीं हो पाते लेकिन यहाँ ओहदे बड़े थे इसलिए नाम या ओहदा या दोनों याद रह गए। श्रीरामराघव सिंह, नगरपालिका चेयरमैन। सुरेन्द्र प्रताप मालवीय, रासायनिक उत्पाद वैज्ञानिक के बतौर राजपत्रित अधिकारी रहे, अभी बी.एल.यू. का मालिकाना देखते हैं, बी.एल.यू. इनका स्वप्न है। इस पर सुरेन्द्र जी ने टोका, 'बी.एल.(डी.)यू. मेरा ही क्यों आपका अभी स्वप्न है, नोमावासियों का गौरव है। है न!'

सामने बैठे एक सज्जन को यह परिचय अधूरा जान पड़ा होगा कि उन्होंने बात के छोर को अपने हाथ में ले लिया, 'हमारे दद्दा शहर के गौरव हैं।'

मैंने नमस्कार किया। सबको नमस्कार किया। ये लोग शहर की धुरी थे यह उनके परिचय से नहीं, उनकी मुखमुद्रा से उनके अन्दाज़ से झलक रहा था। एक आस मन के कोने में यह भी जगी कि क्या पता रफ़ीक़ की तलाश

में ये लोग मदद करें। बड़े-बड़े काम यों ही कभी-कभी किसी नामालूम सहारे से भी हो जाया करते हैं।

शलभ मुझे किसी इनाम-इकराम की तरह लोगों के बीच प्रस्तुत कर रहा था। रामजनम तिवारी, इनकी रिहाइश लंदन में है, किसी बहुत बड़ी कम्पनी (रामजनम ने मुझे बताया : डेश्यू बैंक) में अधिकारी हैं। 1980 में नोमा छोड़ दिया था लेकिन हर वर्ष जन्माष्टमी और दोल मेले के मौक़े पर सपरिवार नोमा आते हैं। इस वाक्य के पूरा होने तक रामजनम का चेहरा दिपदिपाने लगा था। लगा कि कोई कह दे तो अभी के अभी वह गीत गुनगुना देंगे, 'कर चले हम फ़िदा'। लेकिन यह आग्रह कहीं से नहीं आया। उसने इशारे से दूर अहाते की तरफ़ दिखाया, दृश्य दूर था इसलिए कम-कम दिखाई दिया, वहाँ एक स्त्री की आकृति उभर रही थी, बताया, तिवारी जी की बिटिया, यॉर्कशायर के एक संगीत अकादमी में बतौर संगीतकार कार्यरत हैं। वह आकृति हिल रही थी। नज़रों में आसानी से समा जाए जितना क़द था जो समझ में आ रहा था।

यहाँ परिचय सत्र रुका। सुरेन्द्र प्रताप मालवीय और श्रीरामराघव सिंह ने उत्तरीय मेरे गले में डालकर औपचारिक स्वागत किया। रामजनम तिवारी मेरा हाथ देर तक अपने हाथ में लिये रहे। ख़ुश रहना उनका स्थायी भाव लग रहा था। जबड़ों को रगड़ते हुए जो उन्होंने कहा उस पर सबने ताली बजाई, 'परसों दद्दा के प्रांगण में हम लोग आपका व्यापक सम्मान करेंगे।' व्यापक कहकर वो हँसे। हॉल में सबकी तरफ़ यों देखा कि क्या उन्होंने शब्द को सही उच्चारित किया? फिर ख़ुद ही तसदीक़ की, 'अंग्रेज़ बनकर भी हिन्दी कैसे भूल सकता हूँ।'

दस या ग्यारह व्यापारी थे जो इसी शहर में कोई न कोई व्यवसाय कर रहे थे। जिनके नाम मुझे बाद में याद हो जाने थे क्योंकि इनमें से हर कोई मेला समिति में या मंगल मोर्चा में कोई न कोई पद सँभाले हुए था। कई ऐसे थे जो मेला समिति और मंगल मोर्चा दोनों में किसी न किसी ओहदे पर थे। इनके नाम इसलिए भी उस वक़्त भूल गया था क्योंकि दो बड़ी मज़ेदार शख़्सियतों ने एक साथ अपना परिचय दिया : प्रमोद गुप्ता, दवाइयों का व्यवसाय है और दैनिक जागृति अख़बार के स्थानीय संवाददाता भी हैं। वह दृश्य बाद में आना था जब मेरा इनकी दुकान पर जाना होना था, इनकी दुकान के बाहर एक

पेटी होनी थी, उस पर 'आपकी ख़बर' नाम की पट्टी होनी थी। अभी उन्होंने छंदवाली एक कविता गाकर अपना परिचय दिया।

यह मज़ेदारी कुछ कम हो कि सूर्यबली उपाध्याय ने छंदमुक्त कविता में अपना परिचय पढ़ा वो दैनिक सूर्य नामक अख़बार के स्थानीय संवाददाता थे और कोयले का व्यपार करते थे। उनका एक कविता संग्रह 'ये संसार काग़ज़ की पुड़िया' ग़ाज़ियाबाद के किसी प्रकाशक से प्रकाशनाधीन था। इन्होंने बताया कि मेरे इस आगमन से क़रीब आठ वर्ष पहले कवि महेश इस शहर में आए थे। उन्होंने बी.एल.यू. कविता पाठ किया था।

परिचय-सत्र लम्बा खिंच गया था। सबका परिचय सुनकर एक बात स्पष्ट थी कि ये लोग अपने आपको प्यार करने वाले लोग थे। सबके परिचय में उपलब्धियों का सिक्का खनक रहा था लेकिन सब अधीर जान पड़ रहे थे। जब सबको जान लिया तब राहत मिलनी चाहिए थी लेकिन उसके बाद मुझे अपना परिचय सुनना पड़ा। अमित जैन नाम का यह युवक, जिसके पास आरा मशीन थी और जो स्कूल भी चलाता था और जो मंगल मोर्चा में महामंत्री पद पर था, मेरा परिचय पढ़ रहा था। लग रहा था मैं किसी दूसरे के बारे में सुन रहा हूँ। जिन बातों को बताया जा रहा था उसे मैं भूल चुका था।

इस परिचय-सत्र के ख़त्म होने का इन्तज़ार हो रहा था कि एक आदमी कहीं से नमूदार हुआ और उसके हाथ में ग्लेंफिदिच की बोतल थी। पीने वाले लोग कम थे। एक मैं, दूसरा शलभ जिसने गिलास को हाथ लगाते हुए नाटकीय अन्दाज़ में अपनी पत्नी से इजाज़त माँगी और तीसरा अमित गर्ग, यह सुनारी का पुश्तैनी कारोबार देखता था और आस्ट्रेलिया से इंजीनियरिंग की पढ़ाई पूरी कर आया था।

यह उचाट कर देने वाला दृश्य था। मुझे यह महसूस कराया जा रहा था कि जैसे मैं ही शराब का मारा हूँ। मेरे लिए ही शराब जतन की गई हो। बाक़ी के लोग इसे हराम मान्ते हों। यह स्थिति बिगड़ती चली जाती अगर वह, अहाते की हिलती हुई आकृति, अन्दर न आई होती। होंठों को गोल करते हुए मेरी तरफ़ बेआवाज़ 'हेलो' उछालकर यह कहते हुए सोफ़े में धँस गई, 'सिपाही, मेरे लिए भी एक।' मेरा ध्यान सिपाही शब्द पर गया। मैं पहचानने की कोशिश करने लगा कि सुबह जो सिपाही थाना पर मौजूद थे उनमें से एक यह था या नहीं।

लेकिन सिपाही के बजाय उस स्त्री ने ध्यान आकृष्ट किया। सूती पाजामे का निचला सिरा पिंडलियों को पकड़े हुए था। कमर के पास पाजामे को बाँधता हुआ धागा किसी फूल की मानिंद कसा हुआ था। ताज़े मक्खन के रंग की टॉप डाले हुए थी जो दोनों किनारों से यों खुला था जैसे आजकल 'साइड बूब्स' वाले फ़ैशन को सही ठहराता हो। लेकिन अन्दर के कपड़े को इस सलीके से पहन रखा था कि इस खुले होने का कोई अलग अर्थ नहीं था। क्रोशिये से बुनी हुई ब्रा की झलक उसके हिलने-डुलने में मिल जा रही थी। बाएँ हाथ की कलाई पर 'एपल' की स्मार्ट वाच थी। गिलास को दाएँ हाथ की दो उँगलियों और अँगूठे के सहारे थामे हुए अपने फ़ोन में मग्न थी।

उसके फ़ोन देखने से याद आया कि देर से मैंने अपना फ़ोन नहीं देखा था। बहुत सारी सूचनाएँ पड़ी हुई थीं लेकिन सबसे पहले मैंने मैसेज बॉक्स पर हाथ लगाया। दो सन्देश थे।

'क्या ख़बर महाराज? कब का टिकट कर दूँ?'

'कहाँ हो? खाना बना दिया है। खड़े उड़द की दाल है।'

आप अपनी आदतें भूल जाते हैं, उन आदतों से उपजी स्मृति भूल जाते हैं लेकिन जिन्हें आपकी आदतें याद होती हैं वो उन स्मृतियों को भी याद रखते हैं।

दूसरी तरफ़ सात मिस्ड कॉल पड़ी थीं जिनमें एक अनसूया की और एक अर्चना की थी। पाँच मिस्ड कॉल किसी अनजान नम्बर से थीं। ग़ौर करने पर पाया कि पाँच-सात मिनट के अन्तराल पर ये पाँचों फ़ोन किए गए थे। ट्रू-कॉलर भी कुछ स्पष्ट नहीं बता पा रहा था।

*

ग्यारह बजे रात तक सब उस महफ़िल में डटे रह गए। शुरू में पीने वालों की संख्या चार थी लेकिन नौ बजते-बजते सात लोगों ने गिलास अपने हाथों में ले लिया था। सबने मेरा साथ देने के लिए ही पीना मुनासिब समझा था।

पहले-पहल सब एक समूह बनाकर बैठे रहे लेकिन थोड़ी देर के बाद सबके अपने-अपने समूह बन गए। अमित गर्ग चार लोगों के समूह में अपने

कॉलेज के दिनों की वो घटना सुना रहा था जिसके बारे में शलभ ने मेरे कान में धीरे से बताया, 'बस थोड़ी ही देर में यह शेर मारने वाला है।'

मालवीय जी यानी दद्दा, यही उनका पुकारने का नाम था, के इर्द-गिर्द ही महफ़िल थी। वो छवि की महत्ता पर प्रकाश डालने जैसी चर्चा छेड़े हुए थे। मैं उनसे मुख़ातिब भी था और नहीं भी, यह समझते हुए उन्होंने मुझसे पूछा, 'आपके अनुसार साहित्य में छवि की क्या अहमियत है?' मैंने वही जवाब दिया जो मैं समझता था, 'पात्रों की सुन्दर छवि गढ़ने की महत्ता है। अगर आप छवि का मतलब 'ब्रांड इमेज' से ले रहे हैं तब तो बात समझी जा सकती है और वह हक़ीक़त से जुड़ती है लेकिन छवि से अगर आपका मतलब मिथ है, गल्प है तब अपनी छवि, बतौर लेखक, चमकाने की कोई अहमियत नहीं। हिन्दी में बिलकुल नहीं।' दद्दा ने विनम्रता से यह बात स्वीकारी, यह बताया कि इन दिनों का साहित्य संसार उनसे छूटा हुआ है लेकिन निराला ने, जब उनसे कोई जानकार बन्दा पूछने गया था कि हिन्दी में इन दिनों सबसे बड़ा कवि कौन है, कहा था कि बताओ, मुझसे ही पूछ रहे हो कि हिन्दी में सबसे बड़ा कवि कौन है!

मैंने हँसते हुए ही प्रतिवाद किया कि 'यह तथ्य है या नहीं किसी को पता नहीं और दूसरे निराला ने ऐसा कहा होगा तो वह हक़ीक़त थी, छवि नहीं।'

'हक़ीक़त और छवि अलग-अलग हो सकती है क्या?'

'जब अलग-अलग होना होता है तभी छवि यानी मिथ शब्द या भाव प्रयोग में आता है और अमूमन ये दोनों अलग होते हैं। छवि बनानी पड़ती है।'

दद्दा को शायद यह बात नागवार गुज़री हो लेकिन उनके चेले-चपाटों को शर्तिया बुरी लगी थी। सबने मुझे छवि पर ज्ञान दिया। दद्दा ने भी एक कोशिश की, 'अगर छवि पर कोई परछाईं पड़ जाए तब?'

'परछाईं हट सकती है लेकिन शायद आप कहना यह चाहते हैं कि छवि पर अगर कोई दाग पड़ जाए तो क्या?'

दद्दा ने तुरन्त टोका, 'दाग भी हटाए जा सकते हैं।'

उन्होंने बीच का रास्ता निकाला। बताया, 'हो सकता है साहित्य में आत्म-छवि कम महत्त्वपूर्ण हो लेकिन जीवन व्यापार उस छवि से चलता है।' उन्होंने रॉल्स रॉयस का एक क़िस्सा सुनाया। वह स्त्री अपने फ़ोन में

व्यस्त थी लेकिन अन्तिम पंक्ति पर वो जैसे चौंकी उससे लगा कि पहली बार सुन रही थी।

'हुआ यह कि सौ वर्ष पहले तमकुही के राजा को ब्रिटेन की महारानी ने एक रॉल्स रॉयस कार उपहार में भेजी थी। बहुत क़ीमती और उम्दा तोहफ़ा। उसे देखने के लिए दूर-दूर से लोग आ रहे थे। कार तो छोड़िये उसे ढकने का जो कपड़ा था उसे छूकर ही लोग निहाल हो जाते थे। भीड़ इतनी बढ़ने लगी कि एकन्नी का टिकट लगाना पड़ा। कारों की दुनिया में अब भी उससे बड़ा कोई नाम नहीं है, उस समय की कौन पूछे। वो जो आप ब्रांड इमेज का ज़िक्र कर रहे थे, उसका उत्स समझिए। आगे यह हुआ कि एक हफ़्ते चलने के बाद वह कार रुक गई। उसे ठीक करने की तमाम कोशिशें हुईं। जहाँ रुकी थी वहाँ से राजा साहब और रानी साहिबा पालकी में आए। ब्रिटेन से मिस्त्री बुलाया गया। मिस्त्री ने जब कार के पुर्जे खोले तब पाया कि गाड़ी में इंजन ही नहीं है। राजा के सामने पेशी हुई, गाड़ी में इंजन नहीं है यह बात तो समझी जा सकती है लेकिन फिर कैसे यह कार एक हफ़्ते तक चलती रही? मिस्त्री ने सिर झुकाकर जवाब दिया, नाम भी बड़ी चीज़ होती है, सरकार।'

वर्णन ख़त्म होने के बाद देर तक सन्नाटा सा घिरता रहा। उस सन्नाटे के जाले को भी दद्दा ने ही तोड़ा, 'वो राजा साहब और कोई नहीं मेरे मरहूम दादाजी थे।'

ऐसे तथ्यों के बाद कहने को कुछ नहीं बचता। कोई भी क़िस्सा आप अपने ऊपर ओढ़ लीजिए और वो क़िस्सा हक़ीक़त में तब्दील हो जाता है और हक़ीक़त फिर अतीत में दर्ज हो जाता है।

इस बीच जो मुझे सोचने-समझने का समय मिला उससे मैंने ख़ुद को यही समझाया कि हो सकता है ज़िन्दगियाँ छवि के सहारे चलती हों, इस पर क्या उलझाव! हम सबने हामी भरी।

मजमे के बिखरने का सिलसिला ग्यारह बजे के आसपास शुरू हुआ। सबसे पहले श्याम किशोर जायसवाल, प्रिंटिंग प्रेस के मालिक और अग्निबाण नामक सांध्य दैनिक के सम्पादक निकले। उनकी पत्नी मुझ तक आई और कहा, 'कभी घर आइए।' नमस्कार करते हुए उन्होंने मुझसे एक वाक्य कहना शुरू किया और जब उन्हें लगा होगा कि कोई अच्छी बात कह रही हैं तब उसी वाक्य को दुहराया, 'आज से पहले मैंने कभी किसी लेखक को नहीं देखा था।'

उनके बाद मालवीय दद्दा निकले। उन्होंने फिर मुझे अशीषा और कहा, हम लोगों के शहर की गरिमा आपसे है। यह भी जतलाया कि परसों के कार्यक्रम में देर तक संगत रहेगी।

लेखक होने के दो-चार पल ऐसे आते हैं जब लगता है कि लोग आपसे प्यार करते हैं। उनके कार में बैठने तक लोग उनके पैर छू रहे थे। दुहरा-दुहराकर पैर छू रहे थे। अमित जैन एक बार पैर छूकर विदा कर चुका था लेकिन चलते हुए जब पाया कि कार का दरवाज़ा खुला है और कार अभी चलनी शुरू हुई तब दौड़कर दुबारा पैर छू आया।

इसके बाद यह तय हुआ कि मैं होटल चला जाऊँ। शलभ की ज़िद थी कि उसके घर पर ही रुकूँ लेकिन मैंने दफ़्तर के काम की दुहाई दी।

*

निकलते हुए दो बातें हुईं। सुनीता ने पार्टिंग गिफ़्ट के बतौर एक पैकेट दिया।

वह उसकी बनाई एक पेंटिंग थी। पेंटिंग के नीचे उसका हस्ताक्षर था जिसमें हर अक्षर को चित्र का एक रूप दिया था।

दूसरी बात कि जब तक मैं गाड़ी तक पहुँचता, अमित गर्ग मुझ तक आ गया। साथ में अमित जैन भी था। दोनों बेहद प्यार से मिले और गर्ग देर तक मेरा हाथ अपने हाथ में लिये रहा। इस बीच वहाँ दस-बारह लोग जमा हो गए। मुझे यही लगा कि ऐसी बैठकी के बाद जो विदाईनुमा छोटी बैठकी होती है वैसी कोई शै है। वह बार-बार एक गुज़ारिश करने की बात कर रहा था और मैं बार-बार उससे कह रहा था, आप बोलो तो सही। तभी उसने धीरे से कहा, 'सर, आपके फेसबुक पोस्ट से शहर की इज़्ज़त ख़राब हो रही है।'

सुबह के बाद मैं फेसबुक या ट्विटर देख नहीं सका था। मैंने नोमा आने का वाक़या लिखा था लेकिन उसमें छवि ख़राब करने जैसी क्या बात थी, यह समझना चाहता था। दूसरी तरफ़ मेरे फेसबुक पोस्ट पर किसी का ध्यान जाए ऐसा शायद ही हुआ हो। मेरी अपनी अलोकप्रियता का आलम यह था कि अक्सर अपनी पोस्ट ख़ुद ही लाइक कर लेता था। और वह पूरी पोस्ट पर इकलौती कोई प्रतिक्रिया होती थी। इन सामाजिक मंचों पर मौजूद ज़रूर था लेकिन वह मौजूदगी ख़ुद तक ही सीमित थी।

मैं उससे समझना चाह रहा था कि ऐसा क्या लिख दिया है? इसके जवाब में वो शालीन रहा और एक-एक वाक्य बताया लेकिन वो सारे वाक्य अपनी अर्थवत्ता में इतने मिलते-जुलते थे कि उन्हें एक साथ रखा जाना था। तीन दिन बाद दोल मेला है और ऐसे वक़्त में यह शहर को बदनाम करने की कोशिश है। वो अपनी विद्यार्थी के साथ फरार है। उसके महाविद्यालय में आप किसी से पूछ लें, उनके बीच प्रेम होने की बात सब आपसे बताएँगे। दो सौ से अधिक लोग आपके पोस्ट के मार्फत शहर के बारे में ऊलजलूल लिख रहे हैं। ट्विटर पर लोग मंगल मोर्चा के बारे में अनाप-शनाप लिख रहे हैं।

मैं उसके तर्कों से प्रभावित हुआ होऊँ ऐसा नहीं था लेकिन मेरी कोई हरकत किसी दूसरे के अपमान का बायस बने यह भी अनुचित है। मैंने उसके सामने ही फ़ोन निकाला और पोस्ट को मिटाने की क़वायद शुरू कर दी। फ़ोन हैंग हो रहा था इसलिए लोगों की टिप्पणियाँ धीरे-धीरे खुल रही थीं। अनेक लोगों

ने अपने तथा दोस्तों के फ़ोन नम्बर दे रखे थे और यह कहते हुए दे रखे थे कि किसी भी समय इन नम्बरों पर बात कर सकता हूँ।

मैं नशे में था लेकिन इतना भी नहीं कि उसके द्वारा कहे गए 'फरार' शब्द पर अपनी आपत्ति भी न दर्ज करा सकूँ। मेरे एक एतराज पर उन लोगों ने उस शब्द के लिए माफ़ी माँग ली लेकिन इस विचार पर वो लोग अब भी कायम थे कि रफ़ीक़ और जानकी एक साथ रहने के लिए घर छोड़ चुके हैं। मैं इस फ़िक्र से दो-चार था कि रफ़ीक़ अगर सचमुच ही जानकी के साथ चला गया होगा तब अनसूया को कैसी महसूसियत होगी? अगर उसे यह बात मुझे ही बतानी पड़ी तो?

किसी की आवाज़ आई, 'आप रफ़ीक़ को ढूँढ़ने आए हैं?'

यह प्रश्न ऐसा था जैसे आमंत्रित मेहमान से आने की वजह पूछना। मैंने उसी अन्दाज़ से पलटवार किया, 'तुम्हें क्या लगता है?' इसके जवाब में जो वाक्य आया वो किसी पत्थर की तरह आया। यहाँ तक कि उसकी चोट को वहाँ मौजूद लोगों ने भी महसूस किया और भीड़ ने ही उस प्रश्नकर्ता को डपटा। पत्थर-प्रश्न यह था, 'लोग कह रहे हैं, आप अपनी एक्स-गर्लफ्रेंड से मिलने आए हैं?' इस प्रश्न को सुनकर या उसके बाद के हो-हल्ले को सुनकर शलभ के साथ दूसरे लोग भी गाड़ी के इर्द-गिर्द आ गए। क़ायदन इसका उत्तर मुझे देना चाहिए था लेकिन नहीं दिया। क्यों? क्योंकि उसके ही लोग उस पर पिल पड़े थे और दूसरे मैं अब भी पिछले प्रश्न से कुश्ती लड़ रहा था। जैसे बोल-बोलकर सोचते हों उस अन्दाज़ में मैंने अपने आपको और वहाँ मौजूद सबको बताया, 'ढूँढ़ने नहीं आया हूँ। वह गुम हुई कोई धुन या कोई स्मृति नहीं है जिसे ढूँढ़ा जाए। वह जीता-जागता मनुष्य है, उसकी एक पत्नी है जो पेट से है और ध्यान से सुनो, कोई भी शख़्स, इस कचरे शहर का कोई भी शख़्स, उसकी मदद की ख़ातिर आगे नहीं आया होगा तब उसने मुझे याद किया।'

*

उस घर से लौटते हुए वह आवाज़ अब तक गूँज रही थी जिसमें मुझसे कहा गया था कि मैं अपनी एक्स-गर्लफ्रेंड से मुलाक़ात के बहाने इस शहर में आया

हुआ हूँ। इसका एक अर्थ यह भी था कि बड़े क़रीने से मेरे आने की निगहबानी की गई थी और एक कमतर आख्यान रचकर उसे प्रचारित किया जा रहा था।

मैं नहीं जानता कि मैं नींद में था या नहीं लेकिन मुझे अनसूया की याद आ रही थी।

याद कहूँ या कल्पना?

*

मेरे अख़्तियार में होता तो मैं आज की नींद भी कल पर छोड़ देता और अभी अनसूया से मिलने जाता। उसके अहवाल से ख़ुद को दो-चार कराता। साफ़-साफ़ शब्दों में पूछता, रफ़ीक़ और जानकी के बारे में क्या जानती हो? और अगर जानती थी तब मुझे क्यों बुलाया?

लेकिन मैं नींद के नशे में चूर था। किसी तरह होटल के रिसेप्शन तक पहुँचा। वो लड़का सो चुका था। ख़ुद को खींचते हुए सीढ़ियाँ चढ़ा। कमरे में गीले पन्ने पसरे पड़े थे और सूख रहे थे। पंखे की हवा उन्हें उड़ा सकती थी इसलिए बिना पंखा चलाए ही बिस्तर पर आ गया। जब पीठ के नीचे गीले काग़ज़ों के फसकने की आवाज़ आई तब यह ख़याल आया कि बिस्तर पर बाईं तरफ़ का हिस्सा ही मेरे सोने के लिए है। सोने से ठीक पहले ख़याल आया कि अनसूया या अर्चना से बात कर लूँ। यह भी ख़याल आया कि अनजाने एक नम्बर से भी फ़ोन आया था। स्क्रीन पर देखने में मशक्कत करनी पड़ी, धुँधला दिखने से भी बदतर दिख रहा था। रिंग अभी जा भी नहीं पाई थी कि उधर फ़ोन उठ गया, 'मैं अमनदीप बोल रहा हूँ। आप थाने में दिखे थे। रफ़ीक़ और जानकी के मसले पर आपसे मिलना है।'

'कब?'

'जब आप कहें। अभी।'

जवाब में फ़ोन पर कहा भी क्या जा सकता था। इसलिए मैंने कहा, 'कल।' और अपनी आवाज़ की गूँज सुनने से भी पहले नींद की चपेट में आ गया।

कोई चिड़िया थी जो खिड़की पर अपनी चोंच पटक रही थी। उसकी आवाज़ से नींद खुली। शायद वह चिड़िया अन्दर आना चाहती थी। मैं खिड़की खोल देता लेकिन इससे वह अलगनी खुल जाती जिसे मैंने अपनी क़मीज़ के सहारे बनाया था और जिस पर रफ़ीक़ की पटकथा के पन्ने सूख रहे थे। बिजली के लट्टू जलाने के बावजूद रोशनी अधूरी लग रही थी।

आधी नींद में ही फ़ोन देखा। दो सन्देश थे।

'बात करो।'

'वापस चले गए?'

दूसरे में भय या कह लीजिए अविश्वास दिखा। पहले में यही दिखा कि बात करनी है।

दोनों सन्देशों में दूसरे का जवाब देते हुए वक़्त लगा।

'जी, जनाब।'

'अभी हूँ।'

देर रात का फ़ोन याद आया। उस फ़ोन से मिली जानकी और रफ़ीक़ की बात याद आई। उस नम्बर पर पुन: लगाया और घंटी बजते ही किसी ने उठा लिया। जैसे फ़ोन के पास वो बैठा हो।

'मैं अमनदीप।'

'आप कल कुछ बता रहे थे, जानकी और रफ़ीक़ को आप जानते हैं?'

'मुझ पर निगरानी रखी जा रही है।'

इस निगरानी की बात ने बची-खुची नींद भी तोड़ दी, 'कौन रख रहा है निगरानी?'

'फ़ोन पर नहीं। मिलकर बात करें?'

‘कहाँ मिलेंगे? आप इस आदर्श होटल पर आ जाएँ या मैं आपके घर तक आ जाऊँ?’

‘घर पर।’

मुझे खीज मची और साथ ही हँसी भी आई कि इस छोटे से शहर में, दिल्ली का एक मुहल्ला भी इससे बड़ा हो, क्या-क्या चल रहा है या यह भी सम्भव है कि लोगों ने अपने बारे में फंतासियाँ पाल रखी हों।

*

देर तक अर्चना से बात होती रही। जिसके साथ रहने की आदत पड़ गई हो, वो साथ रहने वाला कुछ घंटों के लिए दफ़्तर जाते हुए अलग होता हो तब उससे दिन में चार-पाँच बार बात होती हो, यह सिलसिला वर्षों से चला आ रहा हो, आज उसी से पूरे चौबीस घंटे बाद बात हो रही थी। उसकी आवाज़ से लग रहा था, वो यहीं कहीं है और एक पुकार पर हाज़िर हो जाएगी। रफ़ीक़ और जानकी वाली बात पर मैं उसकी प्रतिक्रिया देख नहीं पाया, देख नहीं पाया से मेरा आशय यह कि वह शब्दों से अधिक भंगिमाओं के ज़रिए प्रतिक्रिया देती है, लेकिन उसकी बातों से यक़ीनी या नायक़ीनी जैसा कोई बोध नहीं हुआ।

उसने बताया कि रात में जब मैंने फ़ोन नहीं उठाया था तब उसकी बात अनसूया से हुई थी। सातवाँ महीना चल रहा है। उसके घर से किसी को बुला दो या उसे दिल्ली लेते आओ। ‘दिल्ली लेते आओ या उसके घर से किसी को बुला दो’ को उसने दो-तीन बार दुहराया। यह भी बताया कि शायद उसने तुम्हारे लिए खाना बना रखा था। मैंने भी उसे रात की पूरी बातें बताई सिवाय उस आरोप के कि मैं अपनी पूर्व प्रेमिका से मिलने आया हूँ। उसे भी बताता लेकिन रफ़ीक़ और जानकी के मसले के बाद ऐसा कोई ज़िक्र आँखों में पड़ी किरकिरी जैसा होता। यह बताते हुए कि ‘सिरदर्द है’ मैं उसके आगामी प्रश्न को समझ गया था, ‘पी थी?’ बदले में मैंने उससे पूछा, ‘तुम्हें क्या लगता है क्या हुआ होगा?’

फ़ोन पर बात करते हुए मैं क़दम बचाते हुए डायरी के पन्नों को देखने

में लग गया ताकि जो सूख गए हों उन्हें पढ़ा जाए। लेकिन बरसात के मौसम ने हवा को इस क़दर नम कर दिया था कि रात भर बिना पंखे के सोने के बाद भी, उमस से परेशान रहते हुए भी, कोई सफलता नहीं दिख रही थी। खिड़की के पास दो पन्ने ज़रूर दिखे जो यों तो गीले थे लेकिन खिड़की से छनकर आती रोशनी में उन्हें पढ़ा जा सकता था :

> *24/8/15*
>
> *जगदीश को अपना किरदार पसन्द नहीं आ रहा। नाटक के चार मंचन हो चुके और अब जाकर उसे यह ख़याल आया है कि उसका किरदार पसन्द नहीं आ रहा। हम लोगों से अलग होना चाहता है। लेकिन अलग क्यों होना चाहता है? यह उन लोगों के बढ़ते दबाव का नतीजा है। उसका बड़ा भाई सूर्यबली दैनिक सूर्य में पन्द्रह अगस्त के दिन हुए मंचन से जुड़ी रिपोर्ट भेजने में भी अनमनापन दिखा रहा था। वह ख़बर अख़बार में न लगनी थी, न लगी।*

दूसरा पन्ना 20 जून, 2015 की तारीख़ समेटे हुए था और उस पर दो जनों के पते लिखे थे। पहले पते की जगह में नाम वाला हिस्सा गल गया था, आख़िर की पंक्ति दिख रही थी, फ़्लैट नम्बर 302, विक्रम मार्ग, पुलिस लाइंस। दूसरे हिस्से को पता कहना भी नाफ़रमानी होगी। उस हिस्से में महज़ दो शब्द दिख रहे थे, सुहाग स्टूडियो।

फ़ोन रखते न रखते मैंने अर्चना से अपनी व्यग्रता ज़ाहिर कर दी, 'कुछ भी समझ नहीं आ रहा।'

*

राधा चित्र मन्दिर के पश्चिमी सीमाने पर बस स्टैंड था और वहीं चाय की गुमटी मिलनी थी। रास्ते की सभी दुकानें बन्द थीं। कुछ दुकानों के बाहर उन्हें खोलने का उपक्रम चल रहा था। झाड़ू मारने के लिए पानी के छपाके मारे जा रहे थे फिर भी धूल बैठने का नाम नहीं ले रही थी। सूर्य की किरणें अभी

खिली नहीं थीं इसलिए रात को घेरे में दबोचती जितनी भी तरह की दुर्गन्ध थीं सबका अस्तित्व बचा हुआ था। चाय की दुकान पर भीड़ थी फिर भी लोग अलग-अलग आस्वाद वाली चाय के आदेश दिए जा रहे थे।

अमनदीप या किसी अन्य से मुझे किसी दूसरी व्याख्या की उम्मीद नहीं थी लेकिन कल तक जो प्रश्न नदारद था आज, समय बीतने के साथ, कौंध रहा था कि रफ़ीक़ और जानकी को लेकर जो ख़बर बताई जा रही थी वह अगर ग़लत हुई तो? न चाहते हुए भी एक ख़याल मुझे बारम्बार घेर ले रहा था कि ऐसे शान्त और छोटे शहर में एक आदमी ग़ायब हो जाता है, फिर एक युवती ग़ायब हो जाती है और यहाँ इस शहर में शायद ही किसी को पता भी हो। मैं इस ख़याल के आगे या पीछे कुछ नहीं विचार कर पा रहा था। यह भी नहीं कि अगर इन लोगों को रफ़ीक़ और जानकी का ग़ायब होना पता हो भी तो क्या हो सकता है। क्या व्यवस्था इन तौर-तरीक़ों की इजाज़त देती भी है कि दूसरों के गम में हम इस तरह शरीक हों कि कोई क़ानूनी मदद कर सकें। मसलन, क्या हम दोस्तों के लिए भी उसी शिद्दत से संस्थाओं से लड़ सकते हैं जितना अपने सगे-जनों के लिए?

मैं गुम गया अगर, मान लीजिए, मान लीजिए मैं कह तो रहा हूँ लेकिन इस ख़याल से ही सिहर गया हूँ कि अगर मैं ही गुम हो गया, तब अर्चना क्या कर लेगी? लेकिन जब तक कोई दूसरा मुझे सायास गुम नहीं करता मैं गुम क्यों होने लगा? रफ़ीक़ का मानसिक संतुलन कैसा था? क्या वो ख़ुद से बातें करता था? अगर हाँ तो कब से? और नहीं तो भी यह जानना ज़रूरी था कि उसकी मानसिक स्थिति कैसी है। जितना पढ़ सका था उससे यही लगा कि उसकी डायरी भावुकता की गौरव गाथा नहीं है, इसलिए वहाँ से कोई सुराग पाना मुश्किल था।

चाय की गुमटी के ठीक उलटी तरफ़ फुरकान वस्त्रालय का साइन-बोर्ड टँगा था। दुकान बन्द थी लेकिन यह नाम इसलिए याद रह गया था क्योंकि कल जो काग़ज़ात अनसूया ने सौंपे थे वो इसी दुकान की पॉलिथिन में थे।

मैं उस समूचे दृश्य को मन में रचना चाहता था जो मेरे सामने घटित ही नहीं हुआ। कैसे रफ़ीक़ और अनसूया इस दुकान पर आए होंगे। घड़ी क्या बजा रही होगी। धूल उड़ रही होगी या अपनी जगह बैठी होगी। क्या

ख़रीदा होगा। या यही कि उनके जीवन में इस दुकान की वह पॉलिथिन कैसे दाख़िल हुई होगी।

जब तक धूप सिर चढ़ती मैंने तीन कप चाय पी।

*

अपने और अनसूया के लिए जब मैं पूरी-सब्ज़ी बँधवा रहा था, मुझे ज़रा भी अनुमान नहीं था कि उसके घर पर ये चारों मिलेंगे। कुशल, मुकेश, जगदीश और चौथा नीरज। इनके इस लगातार उपस्थिति और हर काम में सहयोग से अनसूया को कितना संबल मिला होगा, यह सोचकर मैं ताज्जुब से भर गया। रफ़ीक़ के शिष्य क्या उससे इस क़दर जुड़े हुए थे? मैंने बिना एक पल गँवाए कुशल को सबकी ख़ातिर नाश्ता मँगाने के लिए भेजा।

सुबह की धूप उसकी बालकनी में फिसलकर गिरने की तरह पड़ी थी। बिना हिले-डुले, देर से एक ही स्थान पर। धूप के इस चँदोवे में सिवाय अनसूया के, हम सब खड़े थे। अनसूया टूटे हत्थों वाली कुर्सी पर बैठी थी। लाल पोल्का डॉट्स वाली मैक्सी पहने हुए थी और लम्बे एक दुपट्टे से पेट को ढक रखा था। दूसरे दुपट्टे से कान और गला बाँध रखा था। उसका चेहरा तना हुआ और आलोकित लग रहा था।

सभी चाय पी रहे थे और चुप थे। जब लगा कि धूप हमें अकेला नहीं छोड़ने वाली तब मैंने रात की बात छेड़ दी। सब कुछ सुनाया, यहाँ तक कि वो रॉल्स रॉयस का क़िस्सा भी सुनाया। उसे सुनाते हुए कई बातें मुझे ख़ुद को भी याद आ रही थीं जो रात की जमघट में छूट सी गई थीं। उससे बताया कि अर्चना तुम्हें दिल्ली बुला रही है या यह कि दरोगा ने जल्द ही रफ़ीक़ को ढूँढ़ने की बात कही है।

कुशल के आने में देरी हो रही थी। उसके फ़ोन के कॉलर ट्यून में एलिई गोल्डिंग के गाए गीत का मुखड़ा 'लव मी लाइक यू डू-ला-ला-लव मी लाइक यू डू' बजकर इस बोल पर ख़त्म हो जा रहा था—'आई विल लेट यू सेट पेस।' यह शहर हर क़दम पर हैरत में डाल रहा था। यह गीत कम से कम मैं पहली बार किसी के कॉलर ट्यून में सुन रहा था। तय हुआ कि पूरियाँ

अनसूया खा ले और हम सब लोग दुकान पर चलते हैं। आगे के एजेंडे में जानकी के गाँव जाना था।

दरवाज़े से निकलते हुए एक साइकिल दिखी थी। हम सब बाहर इन्तज़ार करते रहे। बीच में जितनी बार साथियों ने कुशल को फ़ोन लगाया और पूरी घंटी बजती रही, उतनी-उतनी बार उस कॉलर ट्यून को सुनने के लिए मैं फ़ोन को स्पीकर पर रखने का आग्रह करता रहा था। जब हम लोग जानकी के गाँव पहुँचने वाले थे तब तक कई दफ़ा उसे फ़ोन लगाया गया था, कई दफा हमने यह गीत उसके कॉलर ट्यून में सुने।

कुछ महीने बीतते और मैं तैंतीस का हो जाता लेकिन जीवन में पहली बार किसी गाँव की ओर जा रहा था। कहानियाँ लिखते हुए विषय जब गाँव से जुड़ता तब मैं किताबों में, कहानियों में पढ़े तथ्यों का सहारा लेता, सिनेमा याद करता, अनगिन लोगों से बातें करता जिनका अपना एक गाँव था और उससे भी बढ़कर यह कि जो गाँव से अपने सम्बन्ध बनाए रखे हुए थे तथा आते-जाते रहते थे।

सुज्जा नामक यह गाँव 'दुबे' बहुल था। नोमा से लाररोड की तरफ़ तीन किलोमीटर आगे आने पर बाईं तरफ़ एक अधकच्ची सड़क निकलती थी जो सुज्जा गाँव को बीचोबीच काटते हुए भागलपुर निकल जाती थी। पीछे बैठे तीनों विद्यार्थी इस बात पर दुख व्यक्त कर रहे थे कि उनके ही कॉलेज में पढ़ने वाली लड़की जो उनके अभिनय समूह का हिस्सा थी, उसके घर का पता भी ये लोग नहीं जानते थे। पूछने की ज़रूरत नहीं पड़ी। एक आदमी को देखकर, जो घुटनों से ऊपर की धोती बाँधे हुए था और हाथों में ली लाठी से चरवाही करता जैसा प्रतीत हो रहा था, गाड़ी रुकी और जैसे ही मैं पूछने को हुआ उससे पहले ही उस राहगीर ने सवाल दाग दिया, 'रामकृपाल दुबे के घर जाना है?'

हमने इनकार किया तो उसने फिर कहा, 'अरे, जो लइकिया भुलाई है उसी के घर न?'

इस बार हम समझ गए थे।

उसने नक़्शा समझाते हुए, समय लेकर इत्मीनान से, रास्ता बताया।

*

पुलिस की जीप वहाँ पहले से ही खड़ी थी।

चुप्पियों का मजमा लगा हुआ था।

यह दुनिया ही दूसरी थी।

दुख की ऐसी घड़ी में भी स्वागत-सत्कार इनसे छूटा नहीं था। बाहर में चौकियाँ पड़ी हुई थीं। हम सबके बैठते न बैठते भीतर से दो नौजवान पानी भरा जग, स्टील के साफ़ धुले गिलास और ट्रे में हलके पीले लड्डू लेकर आए।

जानकी के पिता रामकृपाल दुबे मिले। मुकेश ने हम सबका परिचय दिया। रामकृपाल ने बताया कि पिछले दो-ढाई घंटों से तीन सिपाही बार-बार रूक्खी के कमरे की तलाशी ले रहे हैं। रूक्खी जानकी का घरेलू नाम रहा होगा। यह गिलहरी का एक नाम है। इस पुकार-नाम से ही लग रहा था कि ये लोग अपनी बच्ची से किस क़दर प्यार करते होंगे। बताते-बताते उन्होंने बहुत सारी बातें बताईं। वो इस बात का अफ़सोस व्यक्त कर रहे थे कि रूक्खी का प्रवेश गोरखपुर विश्वविद्यालय में भी हो गया था लेकिन वो उसे बाहर रखकर पढ़ाने में सक्षम नहीं थे। आर्थिक कमज़ोरी एक वजह थी और दूसरी वजह भी उन्होंने बताई कि रोशन, रूक्खी का भाई, इंजीनियरिंग कर रहा था इसलिए भी बजट नहीं बन पाया।

धीमी आवाज़ में बात करते हुए भी वो बेतहाशा बोले जा रहे थे। उन्हें लग रहा होगा जैसे शब्दों की इन्हीं गुत्थियों में उनकी बेटी छुपी हुई है और ये बातें, ये लोग यानी हम लोग उस तक पहुँचने का ज़रिया बन सकते थे।

यह हादसा गाँव से मुझे मिले पहले सबक़ की तरह था। मेरे ख़यालों में एक दुविधा चल रही थी, किसी ने यहाँ आने की हमारी योजना पुलिसवालों को बता तो नहीं दी? जानकी को लापता हुए तीन दिन हो गए थे और आज चौथा दिन था इस तथ्य के हिसाब से मेरा सन्देह सही था लेकिन अपनी क्षमता का भान होने पर हँसी भी आई। हमसे घबराकर पुलिस क्यों अपने काम में लगने लगी?

जब मैंने रामकृपाल से उनका फ़ोन नम्बर लेना चाहा तब वह अकेले मुझसे मुख़ातिब हुए। पूछा, 'आप पत्रकार हैं?' इस प्रश्न में एक उत्कट आकांक्षा थी। उन्होंने फिर बताया कि जिस दिन रूक्खी घर नहीं लौटी उस

दिन उनके बेटे ने अपने मित्र से कहकर एक पत्रकार से सम्पर्क कराया था। उस पत्रकार ने फ़ोन पर ही सारी बातें पूछीं, व्हाट्सऐप के ज़रिए फ़ोटो भी मँगाया, जागृति अख़बार में ख़बर भी छप गई लेकिन उसके बाद से वो हम लोगों का फ़ोन नहीं उठा रहा।

मैंने बताया, 'पत्रकार नहीं हूँ। रफ़ीक़ का दोस्त हूँ। दिल्ली से आया हूँ।'

रफ़ीक़ का नाम सुनकर उनमें एक हरकत हुई। जैसे एक बूँद उछलती हो वैसी रोशनी उनकी आँखों में उतर आई, 'उनके ग़ायब होने के बारे में भी ख़बर आ रही है। दो बार घर आए थे। रूक्खी के शिक्षक थे और नाटक मंडली भी चलाते थे। मेरा मन गवाही नहीं देता था लेकिन रूक्खी का मन रखने के लिए नाटकों में काम करने के लिए मना नहीं किया। कभी मना नहीं किया। कभी नहीं।'

इसके बाद प्रतिध्वनि जैसे कमज़ोर पड़ रही हो कि ऊपर देखकर इनकार में देर तक अपना सिर डुलाते रहे।

इस बीच एक बच्चा आकर उनके बग़ल में खड़ा हो गया। आठ या नौ वर्ष का रहा होगा, उनसे ही बोला, 'ये लो के भित्तर बोलावल जा ता।' सिनेमा और दिल्ली की गलियों में गाहे-बगाहे के मौक़ों को छोड़ दें तो भोजपुरी से यह मेरा पहला सामना था।

बच्चा आगे चला और हम लोग पीछे हो लिये। मैं चलने को हुआ तब रामकृपाल ने मेरे कन्धे पर हाथ रखा, कहा, 'रूक्खी की माँ को समझाइएगा।'

'ज़रूर।' मेरे ज़िम्मे समझाना और समझना दोनों था।

*

घर में प्रवेश करने के लिए ओसारे और दालान से गुज़रना था। उसके पार आँगन था। ओसारे से दालान और दालान से आँगन की ओर खुलते दरवाज़े एक सीध में थे। यहाँ दरवाज़े पर क़दम रखते हुए देखा, आँगन में तमाम महिलाएँ थीं और दीवार से टिककर एक महिला बेसुध-सी बैठी हुई थीं। मुझे भीतर आते हुए उन्होंने देखा और शायद इसलिए कि उनकी बेबसी और लाचारी को एक अजनबी द्वारा इस क़दर नज़दीक से देखा जाना उनसे सँभल नहीं

पाया, जब उन्होंने मुझे देखते हुए देखा तब उनकी आँखों में आँसू साफ़-साफ़ झलक रहे थे।

हम पाँच पुरुषों को अन्दर आता देख चुपचाप बैठी वो स्त्रियाँ, जो इसी सूरत में बैठी थीं जैसे मातम के वक़्त बैठा जाता है, सँभल गईं। कोई कुर्सी लाने के लिए बाहर जाना चाहता था, मैंने मना किया और हम सब उसी बड़े तिरपाल पर बैठ गए जिस पर सभी स्त्रियाँ बैठी थीं।

सिपाहियों को कमरे की ख़ानातलाशी लेते देखकर लगा कि इधर से दाहिनी तरफ़ जो कमरा दिख रहा है वही जानकी का कमरा रहा होगा। उस कमरे के बारे में पुलिसियों से जुड़ा यह दृश्य ख़ासा ख़राब था इसलिए जब दूसरी कोई पहचान देने के लिए ध्यान से देखा तो पाया कि उस कमरे के दरवाज़े से ठीक ऊपर, कोई दो फीट की ऊँचाई पर, मुक्तिबोध की मशहूर तस्वीर टँगी थी। तस्वीर के दाहिने हिस्से में मुक्तिबोध थे जिसमें उनकी बीड़ी और सुलगाने का प्रयत्न इतना जीवंत बन पड़ा था, जैसे अब सुलगी कि तब। बाईं तरफ़ उनकी किसी कविता की कुछ पंक्तियाँ काले स्केच के स्ट्रोक से रची गई थीं :

अहंकार समझो या
सुपीरियरिटी कॉम्प्लेक्स
अथवा कुछ ऐसा ही मान लो,
लेकिन सच है यह
जीवन की तथाकथित
सफलता को पाने की
हमको फ़ुर्सत नहीं,
ख़ाली नहीं हम लोग!!
बहुत बिजी हैं हम।

यह काव्यांश उस समूची प्रश्नावली का जवाब जान पड़ रहा था जो रवि से जुड़ी थी। आँगन का बारजा छोटा था शायद इसलिए पानी की बौछारों ने आख़िरी पंक्ति 'बहुत बिजी हैं हम' को मिटाने का भर दम प्रयास किया था लेकिन वो पंक्ति साबूत थी। दाईं तरफ़ मुक्तिबोध का चित्र जहाँ ख़त्म हो रहा था, वहाँ कुछ लिखा था। पोस्टर बनाने वाले का नाम, शायद। इतने छोटे-छोटे

दो अक्षरों में वह नाम लिखा था कि देख पाना मुश्किल था। नाम में प्रयुक्त दूसरी लकीर को 'ब्रश' के अन्दाज़ में उकेरा गया था।

आँगन में हरे रंग का एक चाँपाकल था जिसकी मूठ घिस गई थी। वहाँ बर्तन रखे थे जो हो सकता है माँजे जाने के लिए रखे हों। दूसरी तरफ़ सिंगर कम्पनी की सिलाई मशीन रखी हुई थी। उस पर ढेरों कपड़े लादे गए थे। उन कपड़ों के बीच से एक पुस्तक झाँक रही थी। किताब का रंग जाना-पहचाना लग रहा था। मटमैला लेकिन सफ़ेद। ऑफ़ व्हाइट। सन्नाटा बर्दाश्त से बाहर हो रहा था इसलिए मैं उठा और उस किताब को पलटना चाहा।

किताब को देखते ही मेरे मुँह से पहले जो उद्गार निकले वो यही थे, हूबहू वही, ओ माय गॉड! प्रश्न का जवाब मेरे पास लगभग था लेकिन फिर भी वह प्रश्न, उत्साहातिरेक में उच्चारित हो ही गया, 'इसे कौन पढ़ता है?'

एक बच्ची ने जवाब दिया, 'रूक्खी दी।'

'तुम उनकी बहन हो?'

'हाँ।'

'उनकी कोई तस्वीर देख सकता हूँ?'

*

यह रादुगा प्रकाशन की पुरानी किताबों में से एक थी। अब तो इसका मिलना भी मुश्किल होगा। मायकोव्स्की की कविताओं का दूसरा खंड। मेरे पास दोनों खंड थे लेकिन उनमें से एक भी मैं आज तक पढ़ नहीं सका था। रादुगा ने मायकोव्स्की की लम्बी कविताओं को इस दूसरे खंड में रखा था। किताब के पहले पन्ने पर, जो कि तख्ती वाले कवर से जुड़ा था, मायकोव्स्की का ढीला-ढाला एक स्केच उकेरा गया था। नीचे हस्ताक्षर के शिल्प में 'रफ़ीक़ नील' लिखा हुआ था। यह धुनी आदमी एक पूरी पीढ़ी तैयार कर रहा है, उस वक़्त मैं बस इतना ही सोच पाया। लेकिन जगदीश और मुकेश मुझ तक आ गए थे। जगदीश चुप रहा, मुकेश ने बताया, रफ़ीक़ सर हर महीने एक किताब पढ़ने का काम दिया करते थे। इस किताब का पहला खंड सर ने मुझे दिया था। महीने के आख़िरी सोमवार को, शहर-बाज़ार की साप्ताहिक छुट्टी रहती

है उस दिन, गोष्ठी में सबको उस किताब, उस कविता या जो भी रचना हो, उस पर बोलना पड़ता है। सबसे मुश्किल किताब इस महीने कुशलपाल के लिए है।' इस आख़िरी वाक्य को कहते हुए किताब का नाम बताए बिना वो ज़रा हँसा। निर्दोष हँसी।

मैंने धीरे से उसके कान में कहा, 'थे नहीं, हैं।'

*

हम सबकी आवाज़ सुनकर उन सिपाहियों में से एक बाहर आ गया। वही था, कल जो तीसरा सिपाही मिला था, यह वही था। मुझे देखकर बहुत ख़ुश हुआ या शायद ख़ुश होने का सफल अभिनय किया क्योंकि मेरा अभिवादन करते हुए उसने वह किताब मेरे हाथ से ले ली थी। बताया, 'तलाशी।' मेरे पास कल के अपमान से अलग याद करने के लिए कुछ भी नहीं था इसलिए मैंने जाते हुए उस सिपाही से कहा, 'कविता की किताब है।' उसने बिना पीछे देखे ही हुँकारी भरी थी।

*

जानकी की बहन ने अपना नाम मैथिली बताया और आठ-दस तस्वीरों का बंडल मेरे हाथ में रख दिया। कल जो अख़बार में जानकी की तस्वीर दिखी थी उससे कहीं बेहतर तेज़ उसकी इन तस्वीरों से झलक रहा था।

मैथिली ने जब भोजन करने का आग्रह किया तब हमारा ध्यान घड़ी की तरफ़ गया। घड़ी सवा बजा चुकी थी।

मैंने सोचा बहुत था लेकिन जानकी की माँ से आँख नहीं मिला पा रहा था। मैं उन्हें जानता नहीं था लेकिन यह जो वज्र उन पर टूटा है उसे समझ सकता था। उस समझ सकने से मिली हिम्मत के मार्फ़त ही कुछ कहना चाहता था लेकिन बोल नहीं फूट रहे थे। वे भी मुझे नहीं जानती थीं लेकिन मुझे और साथियों को बारम्बार देख रही थीं। जानकी के पिता से अलग ये चुप थीं। जो कुछ भी कहना था इनकी पथराई आँखें कह रही थीं। आँखों के उन कोयों को

देखकर लग रहा था कि आँसू सूख चुके होंगे। लेकिन मैं और सही हो जाऊँ, यह इस जीवन में नहीं होना था।

चलने से पहले कुछ न कह पाने की स्थिति के कारण उनके पैर छूने लगा। लेकिन! ओह! लेकिन के आगे का बयान माँओं के सन्दर्भ में कैसे किया जाए। उलटा वे ही मेरे पैरों पर गिर पड़ीं, वह रुलाई! भूलने के विरुद्ध थी वह रुलाई। बैठे-बैठे उन्होंने अपना सिर इतनी तेज़ी से पटका कि ज़मीन से टकराने की आवाज़ आई। मैंने शिष्टाचारवश अगर पैर न हटाए होते तो उन्हें कम चोट आती। चोट वैसे यहाँ दूसरी बड़ी बात थी। उनकी रुलाई ने सब्र के बाँध तोड़ दिए। वो एक ही लकार में रोए जा रही थीं और मुझसे, हाँ, मुझसे कहे जा रही थीं, 'हमरी बहिनी के खोजिऽ दऽ ए बाबू। हमरी बहिनी के बोलाऽ दऽ।' उस आँगन में मौजूद हर शख़्स रो रहा था। जगदीश और नीरज एक-दूसरे के कन्धे पर लगकर रो रहे थे। मुकेश दीवार से लगकर रोये जा रहा था। महिलाएँ अपने आँचल से अपनी आँखों को ढाँप रही थीं। रोती हुई माँ को रोती हुई मैथिली सँभाले हुए थी। मैं सबको चुप कराना चाहता था लेकिन मेरा गला भर्राया हुआ था।

इस सामूहिक रुदन ने हमें एक कर दिया।

*

जानकी के आँगन में गिरे वे सारे आँसू गाड़ी में भी हमारा पीछा कर रहे थे। गाड़ी सटासट भागी जा रही थी। टूटी सड़क, गड्ढे की परवाह किए बग़ैर, किसी की ओर देखे बग़ैर सड़क की ओर देखता हुआ सहदेव गाड़ी को जैसे 'सिस्टम' पर चढ़ा देना चाहता था। सबको उसने राधा चित्र मन्दिर पर छोड़ा। 'बजरंगी भाईजान' का 'नून शो' छूटा था और 'मैटिनी शो' शुरू होने वाला था इसलिए भीड़ अधिक थी।

सुबह के बाद मैं पहली बार अकेला हुआ था और यह अकेलापन थाने के भीतर पहुँचने में लगने वाले समय जितना भर ही रहा। एक वक़्त के बाद मुझे अकेले हो जाने की इच्छा होती है। उस इच्छा के बाद भी अगर एकान्त न मिले तब चिढ़ने लगता हूँ। लोगों को झिड़कने लगता हूँ। इच्छा थी कि सहदेव से कहा जाए, थाने पर छोड़ दो लेकिन पिछले दो घंटे इस क़दर भारी गुज़रे थे जिसमें हम सब ख़ुद को अपराध में शरीक मान रहे थे और कोई संवाद सम्भव नहीं कर पाए थे।

यह भी राहत की बात थी कि शलभ उपस्थित था। सन्देश भिजवाने के बाद चार-छह मिनट इन्तज़ार करना पड़ा, वो ख़ुद ही लेने आया। बताया कि मुझे फ़ोन करने वाला था। फिर पूछा, 'शाम का क्या प्रोग्राम है?'

'आज अकेले रहने का मिज़ाज है।'

'लेकिन कल शाम का पक्का!'

ये सारी बात उसके दफ़्तर तक पहुँचने के समय भर में होती रहीं। दफ़्तर छोटा लेकिन सुसज्जित था। मेज़ पर गिनती की फ़ाइलें थीं। वैधानिक ज़रूरतों वाली चीज़ें थीं। अपना तिरंगा प्यारा भी वहाँ था। उसके स्टैंड पर एक स्टिकर था जिसे उखाड़ने के प्रयत्न में बदरंग कर दिया गया था। पीछे गांधी की तस्वीर थी।

उसने फिर कहा, 'मैं आपको फ़ोन करने ही वाला था।'

'जी।'

मैंने उसे अमनदीप के बारे में बताया। बताया कि यह आदमी जानकी और रफ़ीक़ के बारे में कुछ बताना चाहता है लेकिन घबराया हुआ है। शलभ बड़ी ज़ोर की हँसी हँसा और ठहरकर बताने के अन्दाज़ में कोई बात बताने

के लिए कुर्सी पर पीछे की तरफ़ टिककर बैठ गया। 'वो आप तक भी पहुँच गया। आकर्षण का केन्द्र बना रहना चाहता है। मुझसे पहले वही इस कुर्सी पर था। निलम्बित चल रहा है।' शलभ को लगा होगा कि निलम्बन होने वाली ख़बर ने मुझ पर कोई रेख नहीं डाली है तब उसने ज़ोर देकर कहा, 'सस्पेंडेड! आर्थिक गबन का मामला प्रकाश में आया था।'

मैंने उत्सुकतावश पूछा, 'मामला अब क्यों प्रकाश में आया है?'

इस प्रश्न से उसका मन खट्टा सा होता दिखा, 'ये मैं कैसे बता सकता हूँ। यह बात वह सिपाही ही बता सकता है जो उस पाप में इसका साझीदार था और जिसका जमीर अब जागा है। उन दिनों अमनदीप बैतालपुर थाने में था और जल्द ही प्रोन्नति मिली थी।'

देर तक चुप रहे। मैं, वो, दोनों। कोई आवाज़ नहीं। फिर शलभ ने ही बात उठाई, 'सिपाही का वर्णन आप सुनेंगे तो आप लेखक लोगों को भी आश्चर्य होगा।'

मुझे हैरत हो रही थी। पुलिसवालों के बीच आर्थिक गबन भी निलम्बन का सबब होने लगा।

मैं : 'लेकिन वो मुझसे सम्पर्क क्यों करना चाहता है? उसकी आवाज़ में ऐसी कोई बनावट नहीं लगी।'

शलभ : 'सम्भव है, आपसे अपनी पुनर्बहाली में मदद चाहता हो। कर दीजिएगा, आपकी पहुँच ऊपर तक है अन्यथा उसकी बेसिर-पैर की बातों पर कान देने की ज़रूरत नहीं। अगर वो दूसरी बार फ़ोन करता है तब मुझे इत्तिला ज़रूर कीजिएगा।' लेकिन, यहाँ वो ज़रा ठहरा, 'रफ़ीक़ का मामला दूसरी तरफ़ घूम रहा है। यह गुमशुदगी या अपहरण नहीं है जैसा सब सोच रहे थे, शायद आपकी दोस्त जैसा सोच रही थी, आप भी शायद वैसा ही कुछ सोच रहे थे। जानकी के घर गए थे आप लोग?'

मेरा दिमाग़ घूम गया : 'आप हम पर सर्विलांस लगा रहे हैं क्या?'

शलभ : 'नहीं सरकार। जो सिपाही वहाँ गए हैं उनमें से एक बता रहा था। हमारी जाँच में यह प्रेम-सम्बन्ध का मामला बनकर निकल रहा है। इनकी योजनाबद्धता बता रही है कि प्रेम-सम्बन्ध से आगे भी बहुत कुछ है जिसकी पड़ताल हो रही है। यह कहते हुए उन्होंने अपना फ़ोन निकाला, आई-फ़ोन

सेवेन, व्हाट्सऐप खोला, उसमें एक नम्बर पर क्लिक किया और उस सन्देश में मौजूद वीडियो दिखाने लगा।'

वीडियो बेतरतीब तरीक़े से बनाया गया है। पूरा फ्रेम हिल रहा है। कैमरा स्थिर नहीं है। उसमें दिखता है कि रफ़ीक़ लेटा हुआ है। मैं रफ़ीक़ को पहचानता हूँ फिर भी शलभ ने बताया कि यही आपका दोस्त है, या आपकी दोस्त का शौहर, जो कह लीजिए।

रफ़ीक़ सड़क किनारे एक पुलिया पर लेटा हुआ है। कैमरा दाईं तरफ़ घूमता है, एक युवती आती हुई दिखती है, कैमरे में स्पष्ट होता है कि यह जानकी है। उसकी चाल में सामान्य से अलग एक बनाव है जिस पर कैमरे के पीछे वाले का भी ध्यान जाता है क्योंकि कैमरा उसके पैरों की तरफ़, नीचे झुकता है, फिर दो पल ठहरकर उसके चेहरे पर आ जाता है। अब फ्रेम में दोनों हैं। रफ़ीक़ पुलिया पर इतने करीने से लेटा है कि सिरहाने जानकी के बैठने भर की जगह बनी हुई है। वह बैठती है।

रफ़ीक़ : 'आ गईं?'

जानकी : 'दिख तो ऐसा ही रहा है।'

यहाँ जानकी और रफ़ीक़ चुप हैं। दोनों एक ही दिशा में ऊपर देखते हैं। उनका देखना इतना स्पष्ट है कि मन में अंकित हो जाता है।

जानकी : 'मेरे चाचा आज बाज़ार आए हुए हैं। उनका फ़ोन आया था।'

रफ़ीक़ : 'कहो न, अभी निकलना है।'

जानकी : 'समझो न, अभी निकलना है।'

रफ़ीक़ : 'समझ लिया, अभी निकलना है।'

जानकी : 'हर वक़्त अपने को ऊँचा रखते हुए सामने वाले का मज़ाक़ उड़ाना ज़रूरी है क्या नेजू?'

रफ़ीक़ : 'सिखाया तो उन्होंने कि देर से आना भी नहीं होगा, फिर भी लोग आते हैं।'

जानकी : 'बन्द करो।'

रफ़ीक़ : 'बन्द किया।'

रफ़ीक़ : 'राकेश और सुप्रिया लॉज गए थे।'

जानकी : 'जिसके साथ लॉज जाना हो, उसे ढूँढ़ लो।'

वीडियो इस वाक्य पर ख़त्म हो गया। शलभ देर तक मुझे देखता रहा फिर बोला : 'आप अपनी मित्र को यह सब कैसे बताएँगे?'

वीडियो के प्रभाव से उबरकर मैंने आग्रह किया कि वो वीडियो मुझे भेज दें। उसने सबूत साझा करने की कानूनी अड़चनों का हवाला दिया लेकिन साथ ही अपना फ़ोन मुझे देते हुए कहा, 'इसमें ही देखिए।' कई बार देखा। इस पर क्या प्रतिक्रिया दी जाए? मेरे कुछ प्रश्न थे—इस वीडियो की शूटिंग किसने की है? दो प्रेमी, अगर वो प्रेमी ही हैं अभिनेता नहीं, इस तरह के वीडियो बनाने की इजाज़त किसी को दे सकते हैं? यह उनके किसी नुक्कड़ नाटक का भी दृश्य हो सकता है। पीछे भी दो-एक लोग दिख रहे हैं। और यह बीच में जानकी रफ़ीक़ को नेजू क्यों बुलाती है?

शलभ ने उन सभी प्रश्नों के दो जवाब दिए। एक जवाब, आख़िरी प्रश्न के लिए, और यह जवाब ख़ासा बेसुरा था। 'हो सकता है रफ़ीक़ नाम पर दूसरों का क़ब्ज़ा हो। मसलन, उसकी पत्नी का अधिकार, इसलिए वो अपना कोई नाम देना चाहती हो।' बाक़ी प्रश्नों के जवाब में उसने एक ठंडी आह भरते हुए कहा, 'आप वीडियो विशेषज्ञ भी हैं? और क्या ये वीडियो आपने पहले से देख रखा है जो इतनी त्वरित प्रतिक्रिया दे रहे हैं?' यह उत्तर मेरे लिए अपनी सीमाओं को याद रखने का सन्देश था। उसने ही बात बदली, 'सांसद मैडम, ख़ुदैजा बीबी लारी का फिर फ़ोन आया था। आपका ख़ास ख़याल रखना है बोल रही थीं। कैसे जानते हैं आप?' फिर जैसे उसे लगा हो कि प्रश्न अपूर्ण रह गया इसलिए उसी क्रम में बोलता गया, 'मतलब, आपकी किताबों के ज़रिए आपको जानती हैं या घरेलू कोई ताल्लुकात हैं?'

मैं नाम भी पहली बार सुन रहा था। अपने प्रकाशन-गृह के मालिक को शुक्रिया अदा, मन ही मन किया और शलभ से बताया, 'बस उनका करम है वरना मैं कौन हूँ कि वो मुझे जानें।' उसने बात बदलने की ठान रखी हो जैसे, 'अरे नहीं, लेखकों का सम्मान कौन नहीं करता?' सोचा, पूछूँ, 'आप करते हैं?' लेकिन कई अहम् प्रश्न क़तार में थे इसलिए इस प्रश्न को मुल्तवी किया और पूछा, 'इस वीडियो के सहारे किसी निर्णय पर तो नहीं पहुँचा जा सकता?'

'हम दूसरे सबूतों की तलाश में हैं।'

'यह हो न हो किसी नुक्कड़ नाटक का वीडियो है।'

'यह आप मित्र-प्रेम में पड़कर कह रहे हैं।'

'मित्र प्रेम नहीं, न्याय प्रेम कहिए।'

'न्याय के लिए हम सदैव तत्पर हैं,' यह कहते हुए उसने राज्य पुलिस का कैप्शन दिखाया। फिर बोला, 'न्याय के लिए अपने साथी को निलम्बित कर दिया, इसे क्या आप हमारा न्याय प्रेम नहीं मानते?'

आगे जो भी वक़्त गुज़रा उसमें यही प्रश्न मेरे सामने दीवार की तरह खड़ा था, अनसूया को यह सब कैसे बताया जाए? उस पर क्या गुज़रनी है? क्या-क्या गुजरनी है? मैं जब उससे यह सब बता रहा होऊँगा तब वह मेरी तरफ़ मुख़ातिब होगी या नहीं? रफ़ीक़ को लेकर उसके मन में कैसे भाव आएँगे? क्या वह याद करना चाहेगी कि कब-कब जानकी और रफ़ीक़ को लेकर उसके मन में कोई संशय उठा और कैसे उसने अपने संशय को ही ग़लत ठहराकर उन्हें पास दे दिया? एक गर्भवती स्त्री के लिए यह सूचना ज़रूरी भी थी या नहीं? जाने वाला आपकी मर्ज़ी के ख़िलाफ़ चला गया हो तब उसकी तलाश की जा सकती है लेकिन जब कोई अपनी मर्ज़ी से ही चला जाए तब अगर कोई ढूँढ़ेगा तो यही लगेगा कि वह बदला लेना चाहता है। उसे छोड़ देना चाहिए। जाने वाले को जाने देना चाहिए। दुविधा प्रेम के लिए बनी ही नहीं है।

लेकिन क्या यह इस क़दर आसान है? जिससे प्रेम भर का नाता हो उसे जाने दे सकते हैं? जाने दिया जाना चाहिए लेकिन जिससे शादी-ब्याह का नाता हो? जो गर्भ में है क्या उस ख़ातिर जाने वाले को ढूँढ़ा जाना चाहिए?

अनसूया के पास जाना चाहता था लेकिन उससे यह बताना नहीं चाहता था। यह मुश्किल मुझे मार डालती अगर फ़ोन पर उसने यह न बताया होता कि वह अस्पताल जा रही है। दुख हुआ कि मुझे बताना चाहिए था, साथ चलता, सहदेव को भेज देता, बेहतर कोई इन्तज़ाम करता। पूछा, 'कैसे?' उसने ऐसे बताया जैसे कोई बात हो ही नहीं। अगर मैंने रफ़ीक़ की डायरी का पन्ना न पढ़ा होता तब शायद मुझे भी उसका जवाब विशेष न लगता।

मैं थक गया था और दूसरा कोई दिन होता तब जाकर सो जाता। यह एक नेमत थी कि मैं जब चाहूँ नींद आ जाती है। अभी मैं वह नींद चाहता था लेकिन अनसूया का ख़याल दिल से निकल नहीं रहा था। डायरी के पन्ने सूखने का नाम नहीं ले रहे थे। रफ़ीक़ और अनसूया का वीडियो देखने के बाद उसकी डायरी पढ़ने का मन जाता रहा था लेकिन उसकी लिखाई में एक कुतूहल था जो आकृष्ट कर रहा था। कमरे में पथार की तरह पसारे गए पन्ने अभी ज्यों का त्यों थे लेकिन गुस्लख़ाने में फैलाए गए ज़्यादातर पन्नों से नमी जा रही थी, कुछ तो सूख भी गए थे। मैं उन्हें तब तक पढ़ता रहा जब तक नींद न आ गई।

6/4/15

अनसूया रानी 'सरप्राइज' देना चाहती हैं। मेरी तमन्ना है कि जब वो मुझे 'सरप्राइज' दें तब मेरे चेहरे से यही व्यक्त हो कि यह 'सरप्राइज' है। मकान मालकिन जब बता रही थीं तब यह भी बताया कि मैं अनसूया को यह न बताऊँ कि उन्होंने मुझे बताया है। लेकिन डॉक्टर के पास मेरे साथ चलना था आपको, मोहतरमा। आप माँ बनने वाली हैं की ख़ुशी मुझे इकट्ठा चाहिए थी।

कल से स्नातक की वार्षिक परीक्षाएँ शुरू हैं। रोज़ मुझे निरीक्षक बनना है। निरीक्षक बनना कहना किसी किरदार के बनने सा है।

12/8/15

'अभिनय' का दफ़्तर उस मकान मालिक को रास नहीं आ रहा। एक कमरा ही तो ले रखा है साईं। रिहर्सल के दौरान आकर बैठ गया। उसका नाम मोटूमल भी होता तो ग़लत नहीं होता। बच्चों की उस कविता की तरह 'आया बैठा कुर्सी पर, कुर्सी बोली चरर-मरर।' कुर्सी की आवाज़ से हमने जाना कि दफ़्तर में कोई और भी है। कह रहा है, यह नाटक यहाँ नहीं चलेगा। मोहल्ले वाले एतराज जता रहे हैं। मेरे पास देने के लिए किरदार है, मैंने उसे अमित का किरदार देने की बात सोची लेकिन वो नहीं चाहता तब नहीं चाहता। मुझे नाराज़गी नहीं हुई। जहाँ अपराधों पर, हत्याओं पर कोई नाराज़गी नहीं बल्कि उन पर चर्चा करना नाराज़गी का सबब हो वहाँ किसी दूसरी बात का क्या बुरा मानना। मेरे छात्र जो मेरे मित्र-मेरे सहचर बनते जा रहे हैं, वो मेरे इस व्यवहार को कायरता समझते हैं। मैं जब मोटूमल की बात का बुरा नहीं मानता तो फिर अपने इन नए रंगरूटों की बात का क्यों बुरा मानने लगा।

उसे सुनाते हुए मैंने अपने साथियों से मुख़ातिब होकर कहा : छोटे दद्दा से तुम लोग भी डरते हो क्या?

कल से वहाँ जाना बन्द। मोटेमल ने हमारा सामान ही ज़ब्त कर लिया। कुशल ने अपनी वर्दी और मुकेश ने अपना साफ़ा वहाँ से निकाल लिया। मकान मालिक कह रहा था, कोई तोड़फोड़ हुई होगी तो इन सामानों को बेचकर बनवाएगा।

कल से कहाँ होगा रिहर्सल?

अनसूया से पूछूँ तो कहेगी, घर पर। लेकिन पूछूँगा नहीं। शोर उसे कम पसन्द है।

फिर भी प्यारे रफ़ीक़ कहाँ करोगे कल से रिहर्सल?

पन्द्रह अगस्त को प्रदर्शन कैसे करोगे?

यह सुबह भी उस बस स्टैंड पर चाय की दुकान से शुरू हुई। आज फ़र्क़ यह था मैं जल्द आ गया था इसलिए लोग न के बराबर थे। सुबह से यह विचार मन को मथ रहा था कि जो बातें कल वो अनसूया को बता नहीं पाया उस बात का वज़न रात भर में कितना बढ़ गया होगा। यह वज़न सोचते हुए मैं सच में नहीं जान रहा था कि बात किस क़दर घूम चुकी थी। इस बात को भी अनसूया ने बताया।

मुझे अच्छा लगता, अगर अर्चना साथ में आई होती। आज दद्दा के घर दोल मेला का कलश बैठना था। यह कलश स्थापना बड़ा कार्यक्रम था जिसका बुलावा मुझे भी था लेकिन रफ़ीक़ और जानकी से जुड़ी बातों का बोझ इस क़दर बढ़ता जा रहा था कि मैंने अनसूया के घर जाना तय किया। अनसूया के घर जब पहुँचा तो देखा कि बुढ़ापे की तरफ़ झुकी हुई एक स्त्री आई हुई थी। जगदीश की माँ थी।

अनसूया से कल की सारी बात बता गया लेकिन जो नहीं बता पा रहा था वह यह कि आख़िर रफ़ीक़ ने घर क्यों छोड़ा होगा। हिम्मत बाँधकर उससे पूछा, 'रफ़ीक़ ने जानकी को लेकर कोई ज़िक्र किया था? कुछ याद है तुम्हें?'

'करते थे। करते ही रहते थे। उनकी स्टूडेंट है।'

'बाहर लोग उन दोनों का नाम जोड़कर बातें कर रहे हैं।'

इस बात पर वह उठी, कमरे को पार करते हुए बाहर गई और जब आई तब उसके हाथ में आज का अख़बार था, जिसमें तीसरा पन्ना खुला हुआ था। ऊपर की ओर दाहिनी तरफ़ यह ख़बर थी कि बी.एल.(डी.)यू. में सम्मानित

किए जाएँगे कथाकार अर्जुन कुमार। नीचे समारोह का वर्णन था। गोष्ठी के आयोजन का ज़िक्र भी था। इस ख़बर के ठीक नीचे रंगीन अक्षरों में वह ख़बर थी, जिसे अनसूया को बताने का साहस मैं जुटा नहीं पा रहा था। लव जिहाद, मुस्लिम शिक्षक अपनी हिन्दू छात्रा के साथ फरार। लव जिहाद में लव लाल स्याही से और जिहाद हरी स्याही से लिखा गया था।

नीचे लम्बी ख़बर थी। उसमें मोटे अक्षरों में 'लव जिहाद का मामला' लिखा था। लव जिहाद पढ़ते ही मुझे अनसूया के सुरक्षा की चिन्ता हुई। उस ख़बर में दिलचस्प यह था कि रफ़ीक़ और जानकी के मिलने-मिलाने जैसी बातें कम थीं, मसलन ऐसी ख़बरों में यह सब लिखा होता है कि कितने वर्षों से जानते थे, पहले भी एक-दूसरे के साथ देखे गए थे, पड़ोसी ने यह बताया, पत्नी ने वह बताया। ऐसी कोई बात नहीं थी। जिस बात का ज़िक्र विस्तार से था वह यह कि रफ़ीक़ की वर्तमान पत्नी भी हिन्दू है और रफ़ीक़ जिस अन्दाज़ में काम कर रहा है उससे लगता है कि वह किसी गैंग का हिस्सा है। इसकी रुदाली भी गाई गई थी कि उसने अपनी पत्नी को छोड़ने का फ़ैसला तब किया जब वह गर्भवती है। जानकी के घरवालों ने जानकी से सारे सम्बन्ध तोड़ लेने की बात इस अख़बार के मार्फ़त कही थी। नीचे अनसूया का ज़िक्र कुछ यों था कि पत्नी ने इस पर कोई टिपण्णी करने से इनकार कर दिया। अनसूया ने इस प्रश्न के जवाब में बताया कि झूठ लिख रहे हैं। मुझसे किसी ने कुछ पूछा ही नहीं।

'यह ख़बर झूठी है।'

उसका कहना था, 'अख़बार में छप चुकी है।'

'रफ़ीक़ की चिन्ता हो रही है। यह ख़बर अगर सच्ची होती तब पुलिसवालों ने रिपोर्ट ज़रूर लिखी होती। रफ़ीक़ ऐसे नहीं है।'

'मुझे तुमको लेकर डर लग रहा है। जानकी के बहाने ये लोग तुम्हारा नुकसान कर सकते हैं। आने वाले बच्चे की सोचो। तुम दिल्ली चलो। सब शान्त हो जाए तब वापस आ जाना।'

'किसके पास?'

मेरे पास इस प्रश्न का कोई जवाब नहीं था, महज़ तर्क थे जिनसे मैं अपनी ज़िन्दगी आसान कर सकता था, दूसरों की नहीं। अनसूया का बार-बार इस

ख़बर को झुठलाना रफ़ीक़ पर उसके यक़ीन से अधिक उसके अपने अकेले पड़ जाने के आभास से उभरा होगा। सम्बन्धों में झूठ और धोखे इसलिए भी खप जाते हैं क्योंकि लोग अकेले नहीं छूट जाना चाहते। इसलिए वो इशारों को दरकिनार करते हैं। नंगी सचाइयों को मन के वहम से ढाँप लेते हैं। जो जानते हैं कि प्रेम पर उनका कोई वश नहीं वो तो ख़ैर सच, झूठ या धोखे जैसी जालसाज़ियों में पड़ते ही नहीं।

यह मुलाक़ात कहीं न कहीं ख़त्म होनी थी इसलिए मैंने ज़ोर देकर दुहराया, 'अर्चना ने बुलाया है, दिल्ली चलो। होने वाले बच्चे की सोचो।'

वह वहीं मोढ़े पर बैठी हुई थी। उससे कहने के लिए मेरे पास और कुछ भी क्यों नहीं था। मैं मौसम की बात करना चाह रहा था लेकिन ऐसे हालात में मौसम की बात बेमानी हो जाती। उसके भाइयों की बात भी बेमानी हो जाती। रफ़ीक़ की अनुपस्थिति ने इस क़दर जगह घेर रखी थी कि शब्द को शब्द नहीं सूझ रहे थे।

*

वह मुझे विदा करने नीचे तक आई। सीढ़ियों पर धूप में मैंने उससे फिर कहा, 'दिन में यहाँ एक साहित्यिक कार्यक्रम का आयोजन होना है इसलिए शाम को आऊँगा और तुम साथ चल रही हो।' यह उससे बेहद क़रीब आकर कही गई बात थी। वह सीढ़ी के पिछले पायदान पर थी और मैं निचले पायदान से उसकी तरफ़ मुख़ातिब था। यह उस तस्वीर से बिलकुल उलट छवि बन रही थी जो मेरे घर में पाई गई थी। इसमें ऊपर की ओर देखता हुआ जो था वह मैं था।

नीचे दरवाज़े पर एक साइकिल दिखी। अपनी सवारी का इन्तज़ार करती हुई। अब तक शान्त दिखती अनसूया साइकिल के हैंडल और सीट को पकड़कर, सिर नीचे झुकाकर रोने लगी। सिसकियों में। सिसकियों में वह लगातार कहे जा रही थी, 'सब झूठ है, सब झूठ है, सब झूठ है।' आने-जाने वालों के लिए मैं भी उसी दृश्य का हिस्सा था लेकिन मैं जानता था कि मैं महज़ एक दर्शक हूँ।

उसे चुप कराने की ख़ातिर उसके कन्धे पर हाथ रखा। कुछ इस तरह कि कन्धे का जो सबसे आख़िरी कोना हो, जिस बिन्दु के बाहर शरीर नहीं बल्कि

उसकी स्मृति या कल्पना भर अस्तित्व में हो, उस बिन्दु को छुआ। 'चुप हो जाओ। प्लीज़, चुप हो जाओ। साहस से काम लो। आने वाले बच्चे का ख़याल रखो।' मैंने पाया कि बच्चे की बात को मैं बतौर हथियार इस्तेमाल कर रहा था। यह ख़याल मुझे जकड़ गया था कि मैं, जिसका बस एकाध दिन का वास्ता है, अगर बच्चे का इस्तेमाल उस स्त्री के लिए या उस स्त्री के मनोभावों के विरुद्ध कर रहा हूँ तब जो जीवन भर साथ रहते होंगे वो इस हथियार का कितना बुरा और कितनी दफ़ा इस्तेमाल करते होंगे। स्त्री के इस प्रकृति प्रदत्त वरदान को मनुष्यों ने अभिशाप में बदलने की कोई कसर जो छोड़ी हो।

उसके कन्धे के स्पर्श से मेरे भीतर एक आकांक्षा ने जन्म लिया कि काश! इस कातर स्पर्श के ज़रिए मैं उसकी त्वचा के भीतर समा जाता। ऐसी गुंज़ाइश होती कि हम अपनी त्वचा बदल लेते। उसके दुख मेरे हो जाते और दुखों को दूर से देखने की जो मोहलत मुझे मिली थी वो अनसूया को मिल जाती। काश ऐसा होता। ऐसा होता तो उसके भीतर जाकर मैं देख पाता कि कौन सा दुख सर्वाधिक साल रहा है। रफ़ीक़ के न होने का दुख या उसके इस धोखे का। उसकी आत्मा के ज़रिए मैं जानना चाहता था कि अगर रफ़ीक़ ने सामने से पूछ लिया होता कि वो अब उसके साथ नहीं रहना चाहता और जानकी के साथ रहना चाहता है तब मैं क्या जवाब देता? मैं उसके बच्चे की आहटों को महसूस करता। लेकिन स्पर्श की सीमा है, वह कायान्तरण में रत्ती भर भी मदद नहीं करती।

'रफ़ीक़ की साइकिल है?'

उसने हुँकारी भरी। जैसे मुँह बन्द कर साँसों के ज़रिए 'हाँ' कहा जाता हो।

'इसे ले जाता हूँ। शाम को जब तुम्हें लेने आऊँगा...' लेने आऊँगा पर मैंने ज़ोर दिया, मैं उससे हाँ सुनना चाहता था, इसलिए दुबारा कहा, 'तब लेता आऊँगा।'

उसे हाँ नहीं कहना था, इसलिए नहीं कहा।

*

तय किया था कि शहर का एक चक्कर लगाऊँगा लेकिन साइकिल का फर्मा घूमा हुआ था। हैंडल पर जहाँ रफ़ीक़ की उँगलियाँ पड़ती रही होंगी वहाँ गड्ढे

की शक्ल उभर आई थी और उन गड्ढों में अपनी उँगलियों को ठीक-ठीक बिठा पाने में मुझे मशक्कत करनी पड़ी। कोई अगर रफ़ीक़ की साइकिल पहचानता होता तो उसे गफ़लत हो सकती थी। साइकिल में ब्रेक इतना ही भर था कि दिखता रहे लेकिन उनसे साइकिल रुकती नहीं थी। पैर से रुकती थी।

बाहर सड़क सँकरी थी और नोमा बाज़ार से पूरब का रास्ता पकड़ा, यह जानते हुए कि अगर गोलाई में यह यात्रा ख़त्म होती है तब आख़िर में यानी पश्चिम में पुलिस थाना पड़ेगा। पूरब की तरफ़ बढ़ते हुए एक-सवा किलोमीटर में शहर ख़त्म हो गया लेकिन सड़क चलती रही। आबादी कम होने लगी थी, जहाँ शहर ख़त्म हो रहा था वहाँ दाहिनी तरफ़ सरस्वती शिशु एवं बाल विद्या मन्दिर नामक स्कूल था। कक्षाएँ चल रही होंगी इसलिए कोई भी बाहर नहीं दिख रहा था। आगे बढ़ते हुए जब मुख्य सड़क पर आया तब यहाँ दोराहा दिखा। मुझे एक कोई रास्ता चुनना था और फिर वृत्त के सामान्य नियम के अनुसार मैंने अपनी साइकिल दाहिनी ओर मोड़ दी। बाएँ का रास्ता मेहरौना से होकर बिहार निकल जाता होगा।

नोमा चौराहे के दुर्गा मन्दिर के पास एक ट्रक से टकराते-टकराते बचा। आगे वहाँ का सरकारी अस्पताल था। यहीं पर जागृति के पत्रकार प्रमोद गुप्ता की दवाओं वाली दुकान थी। खोजने में मशक्कत नहीं करनी पड़ी। नवभारत मेडिकल स्टोर, सरकारी अस्पताल के ठीक सामने था। दुकान के नाम वाले बोर्ड के नीचे दो अख़बारों के नाम लिखे थे जिनमें यह बन्दा ख़बरें देता होगा। ठीक उसके नीचे मानवाधिकार संगठन की इसकी सदस्यता को प्रमाणित करने वाला एक बोर्ड लगा था।

साइकिल से मुझे उतरता देख वो खड़ा हो गया। दुकान पर तीनेक ग्राहक थे। पत्रकारिता, दवाइयाँ और मानवाधिकार के उसके तमाम कामों वाले बोर्ड को दिखाते हुए मैंने कहा, 'हर मर्ज का इलाज आपके ही पास है।' उसने अतिशय विनम्रता में 'अरे महाराज' कहते हुए मेरा हाथ पकड़ लिया। साइकिल के बारे में जब उसने दरयाफ़्त की तब मुझे याद आया कि रफ़ीक़ और जानकी से जुड़ी ख़बर इसने ही भेजी होगी। मुझे इसकी ख़बर पर कोई एतराज़ नहीं था, पूछना बस यह था कि जब अनसूया ने इससे बात नहीं की तब इसने यह कैसे लिख दिया कि रफ़ीक़ की पत्नी ने कुछ भी कहने से इनकार किया।

उसने वजह बताई और क्या ख़ूब वजह बताई, 'अगर मैं उससे पूछता तब भी वो कुछ कह पाती क्या? ग़नीमत है कि थोड़ी इज़्ज़त बख़्शी है। यक़ीन मानिए, लव जिहाद ही है, सर!'

'आप मुझे सर न कहें, प्लीज़।'

'जैसी आपकी इच्छा, सर!' इस बार 'सर' कहते हुए वो ठहाके में हँसा। 'कार्यक्रम में कौन सी कहानी सुना रहे हैं?'

'कहानी सुनाने की बात नहीं हुई थी। सुनानी है क्या?'

'क्या बात करते हैं सर! आपकी लिखी प्रेम कहानियाँ आपसे सुनकर अच्छा लगेगा। कार्यक्रम यही होना चाहिए और होगा भी यही।'

मैं बात को वापस उसी सिरे पर ले गया, 'लेकिन आप किस आधार पर कह सकते हैं कि वह लव जिहाद है? किस सबूत के आधार पर आपने लिखा है? पुलिस के कहने पर? आपकी इस ख़बर से लोग अनसूया को नुकसान पहुँचा सकते हैं।'

'ऐसा है, श्रीमान सर जी, कि इस बात को तो उस औरत को भी सोचना चाहिए था और प्रेम विवाह करने से पहले सोचना चाहिए था। थोड़ा ख़तरा तो बना रहेगा।'

'यह कैसी भाषा का प्रयोग कर रहे हैं आप?'

मेरे इस एतराज़ पर वह नरम हुआ, कहने लगा, 'सर, निश्चिन्त रहिए। कुछ भी नहीं होगा।'

यह उसी तर्ज़ में कही गई बात थी जिस तर्ज़ में दो रात पहले शलभ ने मुझे आश्वस्त किया था कि रफ़ीक़ को ढूँढ़ निकालेगा लेकिन जैसी आश्वस्ति मुझे कल रात उस वाक्य के बाद हुई थी वैसी आज, अभी बिलकुल नहीं हुई।

कार्यक्रम में मिलने का वादा कर हम अलग हुए लेकिन तब तक अलग नहीं हुए जब तक उसने दो चाय नहीं पिला दी। उसने कहा कि यह उसके दुकान का नियम है, मिलने वाला हर आदमी दो चाय पीकर ही आगे निकलता है।

*

पुलिस थाने जाने की इच्छा हुई लेकिन यह तय नहीं था कि शलभ मिलेगा या नहीं। मुझे जानना था कि रफ़ीक़ जो दो रात पहले की पार्टी तक एक गुमशुदा

आदमी था और जिससे जुड़ी फेसबुक पोस्ट हटाने की बात ये लोग कर रहे थे, वह सुबह के अख़बार में लव जिहादी कैसे हो गया। शलभ ने जब मुझसे कहा होगा कि वो रफ़ीक़ को ढूँढ़ निकालेगा और मुझे निश्चिन्त रहना चाहिए तब तक यह ख़बर लिखी जा चुकी होगी, सम्पादित की जा चुकी होगी और इस ख़बर के लिए तीसरे पन्ने की जगह निर्धारित की जा चुकी होगी। शलभ ने यह बताना उचित नहीं समझा होगा।

रिसेप्शन के पास पड़ी बेंच पर एक सिख युवक बैठा हुआ था। हम दोनों ने एक-दूसरे को देखा। जब मैं सीढ़ियाँ चढ़ने लगा तब रिसेप्शन वाले लड़के ने बताया कि वह सज्जन मेरा इन्तज़ार कर रहे थे। उसके यह बतलाने तक मैं आधी सीढ़ियाँ चढ़ चुका था और फिर वहाँ रुककर उस सज्जन को देखा। वह पीछे-पीछे कमरे तक आया। याद आया कि यही वह शख़्स है जिसने पुलिस थाने में कुशल और जगदीश को देखकर दुआ-सलाम किया था और कुशल इससे मिलने भी गया था।

रफ़ीक़ और जानकी के मुद्दे पर कुछ बतलाने के लिए कल रात भी इसने फ़ोन किया था। रफ़ीक़ और जानकी का नाम सुनते ही मेरी निगाह दरवाज़े तक गई, जब देखने में फेर पड़ा तब नज़दीक जाकर देखा—दरवाज़ा बन्द है या नहीं। बन्द था। अपनी घबराहट उसने करीने से छुपा रखी थी। आराम से बात करने के लिए वह शब्दों को चुभलाकर बोल रहा था। हर दो शब्द के बीच अन्तराल रखते हुए।

'आप मुझसे मिलना नहीं चाहते थे शायद?'

'आपने पता नहीं बताया था। आपको मेरा नम्बर किसने दिया?'

'मेरा नाम अमनदीप सिंह है। डेढ़ महीने पहले तक मैं यहाँ असिस्टेंट सब इंस्पेक्टर था।'

'और अभी आप निलम्बित हैं?'

'जी निलम्बित हूँ। लेकिन उससे मेरी यह बात ग़लत साबित नहीं हो जाती कि यह लव जिहाद का मसला नहीं है।'

'कोई सबूत हो तो आप यह सब बताइए। पुलिस के पास वीडियो है। जानकी का एक पत्र भी बरामद हुआ है।'

‘आप उनकी कहानियों पर यक़ीन कर रहे हैं? उनकी योजना किसी को समझ नहीं आ रही लेकिन सबकी पूँछ दबी है इसलिए सब उनका साथ दे रहे हैं। जिस दोल मेले में अपने नुक्कड़ नाटक के कई प्रदर्शन कर, हज़ारों लोगों तक अपनी खब्त, जिसे रफ़ीक़ सन्देश कहता था, पहुँचाना चाहता था उसी मेले का उपयोग ये लोग वाले अपना सन्देश देने के लिए करने वाले हैं।’

‘कौन लोग?’

‘जो आपका सम्मान कर रहे हैं।’

‘क्या बकवास?’

‘मंगल मोर्चा।’

‘एक मिनट, सर जी, एक मिनट।’ मैंने उसे ज़ोर से डपटा। मुझे तो इसी की बातें कहानी लग रही थीं। निलम्बित पुलिसवाले की बात माननी पड़े, अभी यह नौबत शायद नहीं आई थी। लेकिन कमरे में आए आदमी को भगाएँ भी तो कैसे भगाएँ?

‘सर, एक बड़ा पर्दा डाला जा रहा है। आपको भी ‘टूल’ बनाया जा रहा है। फेसबुक से आपसे पोस्ट हटवाई गई है न?’

‘आपके पास यही सबूत है?’ मेरी आवाज़ से जो तंज झलक रहा था वह दरअसल मेरे यक़ीन से जुड़ा था। बहुत कम सचाइयाँ मृत्यु जितनी स्पष्ट होती हैं, अधिकतर सच किसी झूठ के कुहासे में उलझे होते हैं लेकिन वहाँ कुहासे की एक परत हटाते ही हक़ीक़त का आभास होने लगता है। मैं यह मानने के लिए तैयार बैठा था कि लव जिहाद का मामला नहीं है लेकिन अपने लिए नहीं, अनसूया के लिए। अनसूया भी आख़िर यही कह रही थी। यहाँ मैं मानने के लिए तैयार बैठा था कि लव जिहाद का मामला नहीं है लेकिन मीडिया, पुलिस, शहर, व्यवस्था सब के सब गप्प नहीं हाँक सकते।

वह सामने ही खड़ा था। मेरे तंज से या जाने क्यों चुप होकर कमरे में बिखरे काग़ज़ात देख रहा था। उसके देखने का अन्दाज़ पसन्द नहीं आया। डर यह लगा कि कहीं रफ़ीक़ की डायरी और उसके नोट्स खोजने के बहाने मेरा पीछा न किया जा रहा हो।

अपने तंज से उसे उबारने के लिए मैंने चाय की बाबत पूछा। यह भी पूछा कि क्या वह अपने निलम्बन से निबटने के लिए मेरी कोई मदद चाहते

हैं। पहले वह हँसा फिर उसने बताया कि वह जल्दी में है। यह भी बताया कि शायद उसका पीछा किया जा रहा है और यह भी रफ़ीक़ और जानकी को लव जिहादी बताने के लिए जो सबूत पुलिस पेश कर रही है वह वीडियो क्लिप उनके एक नाटक के रिहर्सल का वीडियो है।

इस वाक्य को पूरा करते-करते वो मेरे क़रीब आ गया था। अब उसकी घबराहट स्पष्ट हो रही थी। मैंने उससे बैठ जाने को कहा तब उसने वही बात दुहराई कि वह जल्दी में है। उसने बताया कि मेरा भी पीछा किया जा रहा है।

लेकिन उसने एक नया नाम बताया, नियाज़। कहा, 'इसे मैंने भीड़ के हाथों मरने से बचाया था। आपको उससे मिलना चाहिए, अगर वह शहर में हुआ तब सुहाग स्टूडियो में मिल सकता है।' उसके हाथ में पीले काग़ज़ का टुकड़ा था जिस पर एक फ़ोन नम्बर लिखा था और दूसरी तरफ़ सुहाग स्टूडियो तक जाने के रास्ते का नक़्शा बना हुआ था। इस नक़्शे में प्रस्थान बिन्दु राधा चित्र मन्दिर था।

मुझे ध्यान आया कि इस सुहाग स्टूडियो का ज़िक्र मैंने रफ़ीक़ की डायरी में एक रूखे पन्ने पर पढ़ा था लेकिन सब कुछ मुझे इस निलम्बित दरोगा का रचा हुआ गप्प लग रहा था और अब मुझे हँसी भी आ रही थी। यह हँसी आती रहती अगर जाते हुए उसने एक बात न बताई होती। मुझे एक चकरा देने वाली बात बताई और यह कहते हुए बताई कि यही बताने आया था लेकिन भूल रहा था, 'कल दोपहर से कुशलपाल भी ग़ायब है।'

*

कुशलपाल कल पूरियाँ लेने निकला था। उसकी फिर कोई ख़बर नहीं मिली। रफ़ीक़ के इन तीन छात्रों में कुशलपाल ही था जो सबसे लम्बा-चौड़ा था और जो आगे बढ़कर लोगों से बात कर रहा था। उसकी लम्बाई-चौड़ाई इस अमनदीप नामक निलम्बित पुलिसवाले जितनी रही होगी। जिस शिद्दत से ये लोग अनसूया के साथ लगे हुए थे वह सीखने-समझने लायक़ बात थी। परसों जब ये लोग होटल से निकल रहे थे तभी एक ख़याल आया कि एक लम्बी बैठक इनके साथ रखी जाए। यह बैठक बस इन बहादुर युवकों से मिलने के

लिए रखनी थी और आज यह ख़बर मिल रही है कि कुशलपाल भी घर नहीं लौटा है। मुकेश का नम्बर मेरे पास था। उसने व्हाट्सऐप पर कुछ फ़ोटो और चारेक वीडियो भेजे थे जिन्हें मैं डाउनलोड नहीं कर पाया था।

मुकेश को फ़ोन किया लेकिन किसी महिला ने उठाया। वह महिला बातचीत करने के धरातल से उखड़ी हुई लग रही थी। बार-बार कह रही थी, बहुत हल्ला है, तेज़-तेज़ बोलिए। मैंने कई बार एक ही वाक्य कहा, 'मुकेश से बात कराइए' और अन्त में इस उम्मीद पर फ़ोन काट दिया कि वे मुकेश से बात कराएँगी।

*

जैसे किसी की याद आती हो वैसे ही एक फ़ोन आता हुआ दिखा। नम्बर देखते ही मुझ पर दुख और ग़ुस्सा दोनों हावी हो गए। ग़ुस्सा इस बात का हुआ कि मैं इतना डर क्यों रहा हूँ? किससे डर रहा हूँ? और दुख इस बात का कि मेरा इस्तेमाल किया जा रहा था।

अर्चना का फ़ोन था।

सुहाग स्टूडियो जाना था। नियाज़ को ढूँढ़ना था। लेकिन मैंने तय किया कि इस दरमियान रफ़ीक़ की डायरी के सूख चुके, बेतरतीब तारीख़ों वाले पन्नों में से कुछ को पढ़ा जाए।

तारीख़ दर्ज है : अट्ठाईस जून दो हज़ार पन्द्रह। पात्र परिचय सा कुछ। एक ही पंक्ति में बाईं तरफ़ एक नाम लिखा था और ठीक उसके दाईं तरफ़ दूसरा नाम। यह आठ पंक्तियों में था। यह समझना मुश्किल हो रहा था कि पात्रों का नाम कौन सा है और अदाकारों का नाम कौन सा? सबसे ऊपर अमनदीप का नाम लिखा था और उसके बग़ल में कुशलपाल। उसके नीचे नियाज़ लिखा था और बग़ल में यानी दाईं तरफ़ मिलाकर पढ़ते हुए पाया कि रफ़ीक़ लिखा है। दो पंक्तियाँ पढ़ चुकने के बाद समझ आया कि बाईं तरफ़ पात्र हैं और दाईं तरफ़ उन पात्रों को जीने वाले लोगों के नाम। और बीच में उन नामों को जोड़ने वाली शाम जितनी पतली एक लकीर थी।

अमनदीप	कुशलपाल
नियाज़	रफ़ीक़
मंगल	जगदीश
अमंगल	मुकेश
अनुराधा	किसे रखा जाए? (जानकी**)
चायवाला	नीरज
जनता एक	किसे रखा जाए?
जनता दो	किसे-किसे रखा जाए?

इससे ठीक नीचे इस पटकथा या नाटक का नाम लिखा था : 'बचाने

वाला है भगवान!' इसके आगे की लिखावट पूरी तरह गल गई थी। यहाँ तक कि भगवान भी मैं अपने अनुमान से लिख रहा हूँ वरना डायरी के उस बदरंग पन्ने पर इतना ही लिखा था, बचाने वाला है भग। इसके आगे अक्षर और वाक्य दोनों ग़ायब हैं। विराम चिह्न भी अपनी समझ के मुताबिक़ रखा है।

एक बात ज़ेहन में दूसरी भी उभरी कि यह सूची कुछ लोगों की उपस्थिति में बनाई गई होगी। लिखावट वही थी जो दूसरे पन्नों पर दिखी इसलिए यह कहना अनुचित होगा कि दूसरे ने लिखा होगा लेकिन जिस तरह 'नियाज़' के सामने 'रफ़ीक़' लिखा है उससे लगता है कि कुछ दूसरे लोग भी आसपास रहे होंगे। कोई चर्चा छिड़ी रही होगी। सम्भव है कि ये सारे कलाकार ही मौजूद रहे हों वरना अगर रफ़ीक़ ने यह सब अकेले में लिखा होता, या मैं अगर रफ़ीक़ की जगह होता और यह सब मैंने किसी अनबूझे एकान्त में लिखा होता तब शायद 'नियाज़' के सामने अपना नाम न लिखकर 'मैं' लिखता। प्रथम पुरुष में।

इस नाटक का शीर्षक मुझे पसन्द नहीं आया। पिछले दो दिनों से, उसकी डायरी, जीवनपरक उसकी साहित्यिक संलग्नता और उसके छात्रों के कारण, रफ़ीक़ की एक बेहतरीन छवि मन में बन रही थी जो इस शीर्षक मात्र से दरकती हुई लगी। जो काम वो धरातल पर अपने छात्रों के लिए उनके साथ मिलजुल कर सम्पन्न कर रहा था वे सारे काम उसकी कर्मठ और लगनशील छवि को मज़बूत करने वाले थे। छवि का बनते जाना स्वाभाविक था। अभी मेरे पास उसके बारे में जानकारी कम थी लेकिन यह सूचना कि वह अनसूया का पति है, और वो भी दहेज़ से खरीदा हुआ पति नहीं, प्रेम से पाया हुआ, अपने आप में मज़बूत छवि गढ़ने वाली सूचना थी। दूसरे, उसके विवाह से मिले संघर्षों ने मन में सम्मान बढ़ा दिया था। बढ़ती उम्र में मैं यह मानने लगा था कि प्रेम विवाह भारतीय समाज के लिए नहीं बना है, आप एक स्त्री के लिए पूरे समाज को काट नहीं सकते, उससे दूर नहीं हो सकते लेकिन जब कभी किसी प्रेम विवाह की ख़बर सुनता तब एक अलग ही सम्मान उन जोड़ों के लिए मन में उपजता था।

छवि टूटने की जो बात अभी-अभी उठी वह दरअसल इस उम्मीद में थी कि जब यह पात्र परिचय हाथ लगा तब किसी विश्वप्रसिद्ध नाटक के मंचन की प्रक्रिया को क़रीब से जानने का मौक़ा मिलता सा लगा था। परिचय से

पहले ही मन ने सोचना शुरू कर दिया था कि कौन सा नाटक होगा? या यह भी कि इतनी छोटी सी जगह नोमा, जिसकी आबादी बीस से पच्चीस हज़ार के आसपास न हो, में भी रंगमंच को लेकर सक्रिय शख़्स की डायरी से रू-ब-रू होने का मौक़ा मिल रहा था। कौन सा नाटक रहा होगा? मन ने कई नाम सोच डाले, मेलोंकोलिया? दि गर्ल ऑन सोफ़ा? पियानो बिकाऊ है? खड़िया का घेरा? चरणदास चोर? कौन सा होगा?

शीर्षक—बचाने वाला है भगवान—से लग रहा था कि किसी एजेंसी या विज्ञापन कम्पनी के लिए या किसी कम्पनी की मार्केटिंग गतिविधि के लिए तैयार किया गया नाटक होगा। क्या यही वह एजेंसी है जिससे पैसे लेने की बात रफ़ीक़ ने डायरी के पिछले पन्ने पर की थी? पिछला पन्ना पलटना चाहा तो ज़ोर अधिक पड़ जाने के कारण वह फट गया। याद करने की कोशिश की कि उस एजेंसी का नाम एम.के. था या आर.के.?

डायरी और नोटबुक के ज़्यादातर पन्ने अब तक भी गीले ही थे। एकाध सूखे पन्ने से जानना चाहा कि इस नाटक का विषय क्या रहा होगा? या कहानी क्या रही होगी? इसी क्रम में यह भी सूझा कि नाटक में न उलझकर डायरी को या नोटबुक को इस निगाह से खँगालना चाहिए कि उसके लापता होने का कोई सूत्र मिले।

इसमें नाटक के प्रति जानकी का जुड़ाव देखकर उसको लेकर विचारी गई अपनी सभी कड़ियों पर अफ़सोस हो रहा था। लेकिन शुरू में माहौल ही ऐसा बना था कि जानकी की बात करें तब परसों सुबह अख़बार पढ़ने के समय से शुरू होकर, जिसमें जानकी के गुमशुदा होने की ख़बर थी, दरोगा के द्वारा जानकी का ज़िक्र उठाए जाने तक और फिर आज लव जिहाद की ख़बर पढ़कर मेरे मन का जो शंकालु कोना है वो बार-बार इस ओर इशारा कर रहा था कि कहीं हक़ीक़त पुरुष और स्त्री की उस आदिम कड़ी से उलझी रही। शुरू में जब यह ख़याल आया तो साथ के साथ एक निषेधात्मक ख़याल भी आया कि दूसरों के बारे में ऐसा विचार रखने का मेरा कोई हक़ नहीं है। अगर उनके बीच कोई सम्बन्ध हो, रहा हो, न रहा हो, किसी सूरत में यह मेरा काम नहीं है और न ही मेरी नैतिकता इस बात की गवाही देती है कि मैं उन पर शक करूँ। लेकिन न चाहते हुए भी, तब जब दरोगा ने उसका नाम

ले लिया था, बार-बार एक सूत्र उधर की ओर निकलता प्रतीत हो रहा था। सबसे बड़ी बात। अगर ऐसा कोई सम्बन्ध ख़ुदा न ख़ास्ता हुआ भी तो, कोई अपनी डायरी में नहीं लिखने वाला।

अगर यही सच है तब अनसूया इस मामले को कैसे देखेगी?

क़ायदन मुझे जगदीश, कुशल या किसी और छात्र से उनके बारे में पूछना चाहिए था। यहाँ नाटक के पात्र चयन में भी जानकी है। क्या जानकी उसकी छात्रा भर थी? और थी तो कब से थी? उनके बीच परिचय कितना पुराना और कितना प्रगाढ़ था? अब कुशल भी नहीं था जिससे पूछता। मुकेश का फ़ोन आना बाक़ी था। जगदीश का नम्बर नहीं था। अनसूया ही थी जिससे पूछा जा सकता था इसलिए उसे फ़ोन नहीं कर, एक सन्देश डाल दिया : जगदीश का फ़ोन नम्बर।

दरवाज़े पर दस्तक हुई।

*

कमरे में इतनी भी रोशनी नहीं थी कि सब अनायास दिख जाए। शलभ था। कार्यक्रम स्थल तक मुझे ले जाने के लिए ख़ुद आया था। उसके जूतों के नीचे सूखकर अकड़ गए कुछ काग़ज़ों के टूटने की जब आवाज़ आई तब उसका ध्यान काग़ज़ों के जंगल की तरफ़ गया। उसकी नफ़ासत ने इसे बाग़ीचा क़हने पर मजबूर किया होगा। एकबारगी वह चकरा गया। धीरे-धीरे उसने एक-एक कोना देखना शुरू किया और मेरे शब्द उसकी घूमती हुई गर्दन को संचालित कर रहे थे। इधर डायरी के पन्ने। दाईं तरफ़ भी डायरी के पन्ने। बीच में दो स्क्रिप्ट बिखरी पड़ी हैं जिनके क़रीबन साठ-पैंसठ पन्ने होंगे। इधर अलमारी के हर दराज़ में फिर डायरी के पन्ने, लेकिन दूसरी डायरी के। काग़ज़ों के बीच जगह बनाता हुआ वो आगे बढ़ा जहाँ से मैंने उसे गुस्लख़ाना दिखाया, वहाँ भी काग़ज़ थे। जो अलगनी मैंने अपने कपड़ों को खिड़की से बाँधकर बनाई थी, उस पर टँगे काग़ज़ देखे।

'ये सब रफ़ीक़ के काग़ज़ात हैं। उसकी डायरी, उसकी स्क्रिप्ट। उसकी भाषा देखो।' एक पन्ना जिसमें अमनदीप से विस्तृत मुलाक़ात का दृश्य था, दिखाते हुए बताया, 'देखो, इसका वर्णन देखो। यह सच्चे अर्थों में कवि है। डायरी में भी कोई निस्संग हो सकता है यह मैं पहली बार देख रहा हूँ।'

'कौन? वो जिहादी है सरकार!'

'नहीं, वैसा कोई रफ़ीक़ है भी नहीं। जिस प्रकार की उसकी तपस्या, उसका संघर्ष और उसका काम इन पन्नों से झलक रहा है, उसके लिए मेरे पास 'जीनियस' से नीचे कोई शब्द नहीं है।'

वह सोच में पड़ गया। शिकन उसके चेहरे पर फैलती जा रही थी। धीरे से उसने कहा, 'वह हिन्दू लड़कियों पर इस तरह निशाने क्यों बाँधता रहा है?'

'हेलो मिस्टर, यह सरकारी कचरा किसी और को सुनाना। तुम्हारे शहर में दूसरा ही कोई युद्ध छिड़ा हुआ है और इस युद्ध में, मुझे लगता है तुम लोग भी शामिल हो वरना जिन लोगों को अपने शहर से प्यार होगा वो ऐसे कमाल के व्यक्ति के बारे में कुछ भी ग़लत सुन कैसे सकते हैं? जानते हो, और तुम कैसे जानोगे, मगर जान लो कि रफ़ीक़ का एक अन्य विद्यार्थी भी ग़ायब कर दिया गया है। बोलो अपने शहर के बाशिंदों को कि वो नई कहानियाँ बनाएँ, उन्हें तथ्य के बतौर दर्ज कराएँ, बताएँ कि वो तिहरे प्रेम में शामिल हैं।'

यह कहते हुए दो दिनों की थकान से या अनसूया के लिए कुछ नहीं कर पाने की असमर्थता से या फिर जो लोग यह खेल रच रहे थे उनकी ताक़त से पस्त होकर मेरा गला भर्रा आया। पहले भर्राया फिर रुँध गया। इस रुँधने में ऐसा कुछ था कि शलभ कमरे से बाहर चला गया और मैं अकेला इस रुलाई से उबरने के लिए फिर-फिर उन पन्नों की तरफ़ पलटा जिनकी पढ़त मरीचिका को गझिन बना रही थी।

18/7/15

दो बार हमने नुक्कड़ नाटक के बतौर इसे प्रस्तुत कर लिया है। लोग पसन्द कर रहे हैं। पन्द्रह अगस्त के दिन बड़ा अवसर है, अधिक लोग इसे देखें। एक व्यक्ति को भी अगर यह नाटक किसी हत्यारी भीड़ के विरुद्ध खड़ा कर सका, हमारा ध्येय सफल होगा। प्रस्तुति का समय मंच के अनुकूल है लेकिन कोई हमें इस नाटक के लिए जगह नहीं दे रहा।

स्वतंत्रता दिवस के दिन के लिए हिन्दी प्रचारिणी सभा का हॉल किराए पर लिया था। दो लगातार दिनों के मंचन के लिए तीन हज़ार चार सौ रुपए की रसीद भी कट गई थी। बाद में ख़बर आ गई कि मरम्मत का कार्य चालू है इसलिए जगह नहीं मिल सकेगी। दूसरों से क्या उम्मीद लगाई जाए जब अपना ही कॉलेज इस नाटक के मंचन की जगह नहीं दे रहा। लोग इस भय से भी आईना नहीं देखना चाहते कि कहीं किसी अपने का अपराधी चेहरा न दिख जाए।

9/7/15

दद्दा ने मिलने बुलाया था। हम सब गए थे। नीरज, मैं, मुकेश, कुशल, अनिरुद्ध, जगदीश और जानकी। इस बार दोल मेले में वो चाहते हैं कि हमारी टीम जयशंकर प्रसाद के नाटक 'चन्द्रगुप्त' की प्रस्तुति करे। तैयारी के लिए जगह और फंड दोनों उनका विश्वविद्यालय मुहैया कराएगा। दद्दा का व्यवहार संयत के साथ-साथ भव्यता लिये होता है इसलिए कहते नहीं बन रहा था फिर भी मैंने बताया, हमारे नाटक 'बचाने वाला है भगवान' की प्रस्तुति एक बार ख़ुद देख लें और उनके एक आदेश पर शहर की हर संस्था मंच देने के लिए तैयार हो जाएगी। उन्होंने देखने के नाम पर व्यस्तता का हवाला दिया और दूसरे सवाल पर ग़ौर करने की बात कही है। दे ख ते हैं क् या हो ता है—नाटक में अमंगल नामक पात्र के लिए ऐसे ही छिटके हुए संवाद हैं।

17/7/2015

स्वामी दयानन्द सरस्वती महाविद्यालय की तरफ़ जाती हुई सड़क है। सड़क किनारे के गड्ढे काले जल से से तरबतर हैं। पुलिया है। आने-जाने वाले राहगीर हैं। नियाज़ उस पुलिया पर दक्खिन से उत्तर की तरफ़ लेटा हुआ है। अनुराधा के

आ पहुँचने का पता नियाज़ को उसके छूने से लगता है। इन दोनों को देखकर सर्वाधिक ख़ुश शाम है और कुछ इस तरह ख़ुश है कि डूबने से इनकार कर रही है।

नियाज़ : आ गईं?

अनुराधा (पुलिया पर बैठते हुए) : दिख तो ऐसा ही रहा है।

दो पल की चुप्पी।

अनुराधा : मेरे चाचा आज बाज़ार आए हुए हैं। उनका फ़ोन आया था।

नियाज़ : कहो न, अभी निकलना है।

अनुराधा : समझो न, अभी निकलना है।

नियाज़ : समझ लिया, अभी निकलना है।

अनुराधा : हर वक़्त अपने को ऊँचा रखते हुए सामने वाले का मज़ाक़ उड़ाना ज़रूरी है क्या नेजू? यही सिखाया है तुम्हारे अल्ला-अल्ला-ख़ैर-सल्ला ने?

नियाज़ : सिखाया तो उन्होंने कि देर से आना भी नहीं होगा, फिर भी लोग आते हैं।

अनुराधा : बन्द करो।

नियाज़ : बन्द किया।

नियाज़ : राकेश और अनन्या लॉज गए थे।

अनुराधा : जिसके साथ लॉज जाना हो, उसे ढूँढ़ लो।

इस संवाद को बोलते हुए जानकी तल्ख़ हो गई थी। जैसे भीषण सर्दियों में अपने जामे से कोई अंग बाहर आ जाए। वो भी एक पल के लिए अनुराधा के किरदार से निकलकर जानकी बन गई थी। उसका चेहरा दिपदिपाने लगा था। इसे रियाज़ की ज़रूरत है।

*

हे भगवान्!

अमनदीप का अन्दाज़ा सही था। मेरा शक भी सही था। अनसूया का विश्वास भी सही था। लेकिन व्यवस्था की सामूहिकता ने हमें पहले तो अकेले कर दिया और फिर अपनी कहानी हमारी हक़ीक़त पर चस्पां कर दिया था।

*

कार्यक्रम दो बजे से था। दो बजने में अभी देरी थी और यह देरी इतनी तो थी ही कि परसों बीती रात में जो लोग छवि के पुजारी बन रहे थे उनके सामने अपना पक्ष स्पष्ट कर दूँ। उनके आग्रह पर अपनी फेसबुक पोस्ट को 'ओनली मी' की सेटिंग में डालने का दुख सालने लगा। सबसे पहले मैंने उस पोस्ट की सेटिंग को फिर से 'पब्लिक' किया और जो समय मुझे रफ़ीक़ की डायरी पढ़ने में ख़र्च करना था, उसमें ठहरकर मैंने एक सूचनात्मक पोस्ट डाली। मैंने इस बात का भी ख़याल रखा कि छवि वाले समूह की छवि-चिन्ता न बढ़े: 'मैं नोमा में हूँ। लोग भले हैं और प्यारे भी। यहाँ सारा शहर दोल मेले की तैयारी में लगा है। पिछले कुछ वर्षों से यह शहर इस मेले को अपनी पहचान के बतौर उभार रहा है। सब के मन में तैयारियों के साथ यह धड़का भी लगा हुआ है कि मेला गौरवशाली तरीक़ों से बीत जाए लेकिन कुछ विनाशकारी शक्तियाँ भी अपने काम पर हैं। मैंने जिस पारिवारिक मित्र रफ़ीक़ के घर न लौटने की बाबत सूचना और मदद माँगी थी वह अब तक घर नहीं लौटे हैं। उनकी एक छात्रा भी लापता है जिसका नाम जानकी है। जो पुलिस कल तक रिपोर्ट नहीं लिख रही थी और जो अख़बार ख़बर के लिए जगह नहीं बना पा रहे थे वे आज धड़ल्ले से कह रहे हैं, यह लव जिहाद का मामला है। किसी के पास सबूत के नाम पर कुछ भी नहीं। दुखद यह है कि रफ़ीक़ के एक अन्य छात्र कुशलपाल भी कल से घर नहीं लौटे हैं। देखना यह है कि इन्हें लेकर कौन सी कथा रची जाएगी?

इसे लिखने के बाद मैंने देर तक विचारा, इसे पोस्ट किया जाए या नहीं? किसी से कोई राय लेने का अर्थ इसलिए भी नहीं था क्योंकि लोग बहुत दूर

थे और कुछ ग़लत हो जाने के बाद ज़िम्मेदारी मेरी ही बननी थी। दूसरी बात यह भी कि अगर शहर को छवि की इतनी ही चिन्ता है तब वह अच्छे काम करे। एक साथ हँसना और गाल फुलाना दोनों नहीं हो सकता।

मैंने इसे पोस्ट कर दिया।

कोई भी उस डीम्ड विश्वविद्यालय की निर्मिति देखकर यही कहता : अद्‌भुत। चालीस से भी अधिक एकड़ में फैला यह विश्वविद्यालय किसी बड़ी संस्था के मुख्यालय की मानिंद लग रहा था। शलभ की गाड़ी को गार्ड पहचानते होंगे इसलिए बिना कोई जाँच किए, बग़ैर हस्ताक्षर करवाए भीतर जाने दिया। इस बार मैंने सहदेव से आग्रह किया था कि वो भी यहाँ तक पहुँचे। इस बात पर शलभ ने एतराज़ किया लेकिन पता नहीं क्यों बिन बुलाए शलभ का आना और मुझे कार्यक्रम स्थल तक ले जाने के लिए आना मुझे पसन्द नहीं आया था इसलिए मैंने उसकी बात को तवज्जो नहीं दिया।

इस विश्वविद्यालय के उत्तरी और पूर्वी छोरों को छोटी गंडक सँभाले हुए थी। गंडक की तरफ़ इशारा करते हुए शलभ ने बताया, दवाओं की फैक्ट्री डालने के लिए मुफ़ीद जगह है। चुनाव के बाद अगली सरकार ने अगर चाहा तब अपना राज्य दवा-उत्पादन का नया हब बनेगा, जैसे एक ज़माने में हिमाचल हुआ करता था।

इस ख़याल से कि जब कभी समय मिलेगा रफ़ीक़ की डायरी पढ़ता रहूँगा, अपने लैपटॉप बैग में क़रीबन पचास-साठ सूखे हुए पन्ने और तीन नोट्सनुमा काग़ज़, जो चार-पाँच पन्नों को स्टेपल कर बनाए गए थे, साथ में रख लिया था।

केन्द्रीय सभागार में कार्यक्रम था। बेहतरीन साज-सज्जा और आधुनिक सुविधाओं से लैस सभागार। मंच के तीनों तरफ़ कुर्सियाँ थीं। हज़ारों की क्षमता वाला यह सभागार पूरा तो नहीं लेकिन ठीक-ठाक भरा हुआ था। ध्यान से देखने पर पता चलता था कि छात्र और छात्राओं की संख्या अधिक थी। पहली

और दूसरी पंक्ति में विश्वविद्यालय के गण्यमान्य बैठे हुए थे। यहाँ भी परिचय का लम्बा दौर चला। इस बात को छोड़ दें कि दद्दा बड़े प्यार से मिले तब कोई दूसरी बात ऐसी नहीं थी जो यादगार हो। थोड़ी देर में जब आवाज़ें थम गईं और केवल मंच से आवाज़ आने लगी थी तब मैंने देखा, कल रात जितने युवक पार्टी में मिले थे उनमें से कुछ ही लोग यहाँ मौजूद थे। सब अपने व्यवसाय में लगे होंगे।

मंच पर बुलाया गया तो कुल तेईस लोगों को बुलाया गया। मेरी हालत यही सोचकर बिगड़ने लगी कि अगर सबने अपने-अपने हिस्से का दस मिनट भी लिया तो चार घंटे का कार्यक्रम होने वाला था। लेकिन नहीं, यह कोई सरकारी विश्वविद्यालय नहीं था जहाँ सबका अपना-अपना शासन और साम्राज्य हो। यहाँ जो थे बस दद्दा थे।

माहौल इस क़दर आयोजनमय था कि घबराकर अपने फ़ोन में व्यस्त होना चाहा। दो सन्देश पड़े हुए थे।

'कब का टिकट निकालना है? फ़ोन उठा लिया करो।'

'मैं दिल्ली नहीं जा पाऊँगी, अर्जुन। जगदीश का नम्बर भेज रही हूँ।'

पहली नज़र में लगा मंच पर विकट आयोजन प्रेमी बैठे हुए हैं, इन्हें किसी भी आयोजन में बुला लो ये चले जाएँगे। वहाँ से लौटते हुए इन्हें पता भी न चले शायद कि आयोजन का उद्देश्य क्या था? लेकिन समय ने मुझे झुठला दिया। जितने भी वक्ता आए, किसी ने भी विषय का ज़िक्र करना मुनासिब नहीं समझा। सबकी बातें दद्दा की वंदना से शुरू होकर आज के अख़बार पर ख़त्म हो रही थीं। सिवाय एक-दो लोगों के अलावा लगभग सबने लव जेहाद पर ज्ञान दिया। हालत यह थी कि वो रत्नशंकर भी आया था जो रफ़ीक़ को अपमानित करता रहता था। उसने भी लव जिहाद पर खँचिया भर बातें उगलीं। मुझसे मिलकर जब वो अपना परिचय दे रहा था तब मुझे अपने उस हाथ से घिन आई जिसे उसने अपने हाथ से मिलाया था। मैं उससे कहना चाहता था कि मुझे उसका परिचय मिला हुआ है। किंचित् आश्चर्य की बात थी कि यहाँ मौजूद वक्ता अपने तईं नगर के बुद्धिजीवियों में शुमार होते रहे होंगे और सबकी राय आज की अख़बारी भाषा में पगी हुई लग रही थी। हर वक्ता इस संकट को रेखांकित कर रहा था।

जब मेरी बारी आई तब संचालक ने, जो कि इस डीम्ड विश्वविद्यालय का कोई युवा शिक्षक था, ज़ोर देकर मुझसे अपनी कोई कहानी सुनाने का आग्रह किया। कहानी मैंने पढ़ी और पूरी पढ़ी।

लेकिन...

लेकिन...

लेकिन मैं यहाँ महज़ कहानी पढ़ने नहीं आया था। इस शहर ने एक बेहतरीन कलाकार और प्रतिभाशाली रचनाकार को निगल लिया था, उसकी डायरी एक उत्कृष्ट नमूना थी, इस बात की गवाही थी कि वो नायक था लेकिन उसके होने न होने से शहर को कोई फ़र्क़ नहीं पड़ रहा था। या फ़र्क़ पड़ रहा था इसलिए उसे निगल लिया गया था।

अपनी कहानी पढ़ने से पहले मैंने दो रात पहले का क़र्ज़ उतार दिया। इस विश्वविद्यालय के छात्र-छात्राओं समेत पाँचेक सौ लोग रहे होंगे। मैंने सबसे आग्रह किया कि 'मेरी कहानी भले ही आप न सुनें लेकिन जो मैं कहना चाहता हूँ, उस पर आपका तवज्जो चाहिए। रफ़ीक़ के बारे में देर से वैधानिक भाषा की खोल में अनर्गल कहा-सुना जा रहा है। पर मैं चुप हूँ। मैं चुप हूँ तो इसलिए कि वो मेरा दोस्त नहीं था। कल एक पुलिसवाले ने मुझे मीठी धमकी भी दी कि लोग जानेंगे कि मैं उसकी पत्नी का पूर्व प्रेमी हूँ तो बखेड़ा खड़ा हो सकता है। आपमें से कई लोग बताएँगे कि आपको मेरे इस शहर में आने का क्या प्रयोजन बताया गया है—मैं इस क़स्बे में अपनी 'एक्स' से मिलने आया हूँ। सोचिए भला, अधेड़ होने की दहलीज़ पर खड़ा मैं अपनी 'एक्स' से मिलने आया हूँ? यह सब मुझे डराने के लिए गढ़े गए क़िस्से हैं जो हो सकता है कल या परसों या नरसों, मेरे बारे में आपको पढ़ने को मिलें। सोचा, पहले ही बता दूँ।

'अनसूया मेरी दोस्त है और उसका पति गुम हो गया है, खो गया है, आप यक़ीन करेंगे! इस छोटे से शहर में एक पूरा का पूरा आदमी ग़ायब हो जाता है और हमें पता नहीं चलता। पुलिस रिपोर्ट नहीं लिखती। दरोगा मुझे आश्वस्त करता है कि रफ़ीक़ को ढूँढ़ निकालेगा और एवज में ढूँढ़ निकालता है यह गप्प कि लव जिहाद हो गया। उस रफ़ीक़ की छात्रा जानकी खो गई है।

'आपको शायद एक-दो दिन बाद उन्हीं झूठे अख़बारों से पता चले कि रफ़ीक़ का एक और छात्र ग़ायब हो चुका है। मैं आपको आज ही बता दूँ कि

कुशलपाल नाम का युवक कल शाम से ही घर नहीं लौटा है। आख़िर इतने छोटे शहर में कोई कहाँ चला जाता है? और वही लोग क्यों ग़ायब हो रहे हैं जो रफ़ीक़ के अभिनय समूह से जुड़े हुए थे?

'मुझसे कहा जा रहा है कि मेरे फेसबुक पोस्ट से शहर की छवि धूमिल हो रही है। आप सब सोचें और बताएँ कि क्या हो रहा है और क्यों हो रहा है? मैं आहत हूँ लेकिन मैं नहीं जानता कि उम्मीद किससे रखी जाए। अख़बारी कहानियों के पास जुटाए गए सबूत हैं लेकिन मेरे पास वह भरोसा है जो मैंने पिछले तीन दिनों में रफ़ीक़, जानकी और कुशलपाल के जीवन को जानते हुए पाया है।'

मेरे इतना कहने भर में पहली पंक्ति के आधे से अधिक गण्यमान्य बाहर जा चुके थे। मंच से भी लगभग सभी लोग नीचे उतरकर अपना रास्ता ले चुके थे। दद्दा ज़रूर मंच पर बैठे हुए थे। मेरी कहानी का पाठ लगभग बीस मिनटों तक चला। यह भी आश्चर्य है कि जब अध्यक्षीय उद्बोधन के लिए दद्दा का नाम सादर लिया गया तब वे सभी लोग सभागार के भीतर चले आए जो मेरे कथा पाठ के वक़्त बाहर चले गए थे।

दद्दा ने अपने अन्दाज़ में बताया कि रफ़ीक़ और जानकी के मसले को इतनी गम्भीरता से वह नहीं ले पा रहे थे। उन्होंने धन्यवाद दिया कि मैं एक बाहरी आदमी होकर उनके शहर के कलाकारों के बारे में उन्हें बता रहा था। मैंने चुप रहना मुनासिब समझा वरना बता सकता था कि डायरी में उनके और रफ़ीक़ की मुलाक़ात के कौन से हिस्से दर्ज हैं। चुप ही चुप उन्हें सुनता रहा। आख़िर में उन्होंने अपने छात्रों से मुख़ातिब होकर बताया कि समाज के नायकों और उनके जीवन से हमें प्रेरणा लेनी चाहिए लेकिन छात्रों को प्रेरित करने हेतु उन्होंने नायकों के बलिदान की तुलना वाजश्रवा से की जिसने अपने बेटे का दान यम को कर दिया था।

*

सभा के बाद हम लोग दद्दा के दफ़्तर में बैठे थे। धीरे-धीरे वे सभी लोग आने लगे जो बीती रात महफ़िल में थे। उनसे अलग भी कई लोग थे। दद्दा ने सबके सामने मेरे वक्तव्य और मेरी कहानी की तारीफ़ की। यह भी कहा कि मिज़ाज

जैसा भी हो लेकिन कहानियाँ आप प्रेम की लिखते हैं। मैं मुस्कुरा भर पाया। मुस्कुराते भर में देखा कि उस नम्बर का फ़ोन दुबारा आ रहा है जो बीती रात में आया था। अमनदीप था। फ़ोन लेकर मैं बाहर आ गया।

तब जो कुछ उसने बताया उन सूचनाओं ने मुझे भीतर तक भयभीत कर दिया। सुबह से मुकेश भी घर नहीं लौटा है। यह भी बताया कि थाने से मालूम पड़ा है कि आपका फ़ोन टेप किया जा सकता है। 'सर, मेरी मानिए तो आप शहर से निकल जाइए,' उसने आख़िर में हिचकते हुए कहा, 'सम्भव हो तो जगदीश और नियाज़ को लेकर इस शहर से चले जाइए।'

'और आप यहीं रहेंगे?'

उसने कोई जवाब दिए बिना फ़ोन काट दिया।

उसके सुझावों का फ़ोन पर मैं भी जवाब देने की स्थिति में नहीं था इसलिए कोई जवाब नहीं दिया। अन्दर आते ही मैंने दद्दा से नज़दीक आने की इजाज़त माँगी और उनसे आग्रह किया कि एक बार वो अपने बेटे अमित मालवीय से मुझे मिलवा दें। उन्होंने हामी भरी और कहा कि वह भी आपसे मिलना चाहता है। उसके दफ़्तर में मिलना चाहेंगे या उसे होटल भेज दूँ?

*

मुकेश के ग़ायब होने की ख़बर से चेतना पर दहशत ने क़ब्ज़ा जमा लिया था। दद्दा के दफ़्तर से निकलते हुए, कार में बैठते हुए, मैं नि:शब्द बैठा रहा। काठ मार गया था। न जाने क्या सोचकर फेसबुक खोला, वहाँ सूचना पड़ी थी कि कतिपय कारणों से फेसबुक पर मेरी दोनों पोस्ट हटा दी गई हैं और मुझे तीन दिन के लिए फेसबुक पर कुछ भी लिखने से मनाही है। यह प्रश्न भी अधूरा लगने लगा था कि आख़िर इस क़स्बे में चल क्या रहा है। मैं अपनी योजनाओं में इतना ही कर पा रहा था कि क़ानून को धता बताने वाले इस इलाक़े को अवनति 'शहर' से 'क़स्बे' में कर दूँ। वैसा क़स्बा जो अभी जंगल है। किससे मदद माँगूँ? अपना जवाब सुने बग़ैर कार रोकने का आग्रह किया। गाड़ी पुल के बाद के ढलान पर खड़ी थी। गंडक पर बना यह पुल मेहरौना और गुठनी को जोड़ता था।

बाहर निकलते ही अर्चना को फ़ोन लगाया और उससे पूछा, 'क्या तुम अन्तर्राष्ट्रीय मीडिया में किसी को जानती हो?'

'क्यों? क्या बात हुई? तुम वापस क्यों नहीं आ जाते?'

'बीते तीन दिनों में चार लोग ग़ायब हो चुके हैं या ग़ायब किए जा चुके हैं।'

'तुम कहाँ हो?'

'यहीं इसी देश में हूँ। पागल हो रहा हूँ मैं।'

'तुम लौट आओ। वरना मैं भइया को ख़बर करती हूँ।'

'पाँच लोगों को बाहर निकालना है। मानवाधिकार आयोग से बात करो,' यह कहते हुए मन में सोचता रहा कि इस शहर के लिए मानवाधिकार आयोग का सदस्य भी इन्हीं लोगों में से है।

'और तुम?'

'मुझे लेकर छह हो जाएँगे। मैं, जगदीश, अमनदीप, अनसूया और नियाज़।'

'और छठा?'

'वो जो अनसूया के गर्भ में है।'

वो चुप हो गई। मैं भी चुप ही चुप था। शब्द और समझ बिला गए थे। उसने ही फिर बात शुरू की, 'जो कहोगे, जैसा कहोगे, भइया उससे बेहतर सहयोग करेंगे लेकिन तुम प्लीज़ वहाँ से, उस शहर से निकलो।'

'मेरा फेसबुक, ट्विटर सब ब्लॉक करा रखा है इन लोगों ने।'

'अर्जुन प्लीज़, गोरखपुर की तरफ़ निकल आओ। आगे का मैं देखती हूँ।'

'ना, अगर देख सकती हो तो यहाँ से गोरखपुर तक का ही देखो। भइया को बोलो, मुझसे बात करें।'

'पर तुम अभी वहाँ से निकलो।'

*

मुझे कहीं नहीं निकलना था।

*

गाड़ी में बैठते हुए, सहदेव से आग्रह किया, सुहाग स्टूडियो।

सड़क ख़राब थी। यह कहना शायद उचित न हो क्योंकि मेहरौना से नोमा लौटने के क्रम में सड़क का बायाँ हिस्सा टूटा-फूटा था, बड़े-बड़े गड्ढे थे लेकिन दाहिने हिस्से में मामूली गड्ढों को छोड़कर कोई विशेष दिक़्क़त नहीं दिख रही थी। इसका एक मतलब यह था कि भारी वाहन, माल से लदे हुए वाहन जो बिहार से उत्तर प्रदेश की सीमा में आ रहे थे उनकी संख्या जाने वालों की तुलना में अधिक थी। यह लम्बे समय तक चला होगा तभी सड़कें इस तरह बेतरतीब टूटती हैं कि एक तरफ़ ठीक रह जाएँ और दूसरी तरफ़ ख़त्म ही हो जाएँ।

उसी ऊबड़-खाबड़ रास्ते में मुझे पढ़ना था। इस बार मैंने डायरी के बजाय नत्थी किए हुए काग़ज़ निकाले। उनमें एक स्क्रिप्ट थी लेकिन दूसरी प्रति जो महज़ तीन पन्नों की थी, उसके ऊपर सत्ताईस जून दो हज़ार पन्द्रह की तारीख़ लिखी थी। यह अमनदीप से उनके मुलाक़ात का वर्णन था। काग़ज़ अभ्रक की तरह चूर-चूर होकर बिखर रहे थे और ख़राब रास्ते में पढ़ना मुहाल हो रहा था। जो लिखा था वो यह कि :

> *कहाँ तो आग से धुली दोपहर होनी थी और कहाँ बेमौसम बारिश होने लगी थी। जगदीश, मैं और कुशलपाल आगे-आगे चल रहे थे और पहली कुछ बूँदें पड़ते ही आदर्श पीसीओ की शेड में आ गए। मुकेश भी दौड़ पड़ा था लेकिन उसे ध्यान आया होगा, जानकी छूट जाएगी इसलिए वो रुक गया और दोनों चाय की गुमटी में चले आए। बरसात इतनी तेज़ थी कि अँधेरा छा गया था। दोनों ही दुकानें लगभग आमने-सामने थीं लेकिन बारिश*

के कारण इनके बीच की दूरी अधिक लग रही थी। मुकेश ने जानकी से कुछ कहना चाहा लेकिन पाया कि जो भी शोर है वो बारिश और हवाओं का ही है। गुमटी के भीतर दस से बारह लोग रहे होंगे लेकिन सब बाहर देख रहे थे। उन्हें भी अपने आप से मुख़ातिब होने का यही साम्प्रत समय मिला था। कोई एक आवाज़ नहीं। इशारे से पूछा : चाय? जवाब में हाँ, सुनकर चायवाले को इशारा किया : दो। और फिर उँगलियों से इशारा किया : थोड़ी सी। चायवाले ने बर्तन उठाते हुए ही बाहर की तरफ़ इशारा किया, जैसे कहना चाहता हो : विचित्र। अनुराधा और मुकेश दोनों ने फिर उसी अन्दाज़ के इशारे से बताया और एक साथ बताया : हाँ, विचित्र। तीनों ही हँस पड़े थे।

चाय पीते हुए जानकी ने अजनबीयत को हलका करने के लिए पूछा : इससे पहले तुमने कभी पुलिसवाले का किरदार निभाया है? जवाब देते हुए कुशल ने देखा, जानकी की नाक पर कटे का निशान है। पूछा : ये? कुशल के प्रश्न से जानकी चौंकी और इस अन्दाज़ में चौंकी जैसे उसे भी न पता हो कि उसके नाक पर कटे का निशान है, चाय के गिलास को दूसरे हाथ में पकड़ा और उँगलियों को नाक की नोक पर फिराते हुए कहा, अच्छा! ये। और यह कहकर हँस पड़ी। तब तक कुशल ने जवाब देना शुरू कर दिया था, हाँ, कई बार। दरअसल जिस कम्पनी के लिए रोड शो और नुक्कड़ नाटक करता हूँ उसमें इस विषय पर बहुत सारी स्क्रिप्ट आती हैं जिनमें पुलिसवाला जुल्म कर रहा होता है। यह कहते हुए उसने अपना कार्ड जेब से निकाला और अनुराधा को थमा दिया। वो देर तक कार्ड को देखती रही। दोनों तरफ़ देखा।

पानी गिरना रुकते ही आसमान साफ़ हो गया। दिन जैसे दुबारा निकल आया। इस अचानक बने दृश्य ने, जिसमें सब कुछ धुला-पुँछा लग रहा था, वातावरण एकदम हलका लग रहा था, सबको, सिवाय गंध के, उसने गिरफ़्त में ले लिया

था। बरसात की ताबड़तोड़ बूँदों ने प्रत्येक जीव-अजीव को इस तरह खोल दिया था या ढीला कर दिया था या कह लें कि गीला कर दिया था कि उनके भीतर बसी जो भी गंध थी वो खुलकर बाहर आ रही थी। मिट्टी, दुकान, सड़क, आदमी, कुत्ते, जैसे सबकी कोई ख़ास सोंधी-सी महक हो और वो हवा में घुल रही हो। जानकी हर महक को अलग-अलग पहचान रही थी और सही-सही पहचान ले रही थी। उसे वो दोनों, जगदीश और कुशल, पलटते हुए दिखे। आते ही आते जगदीश ने क्षमा माँगी। सब हँसे। जगदीश को यह अच्छा नहीं लगा कि मुश्किल वक़्त में उसने अपने नए मेहमानों को अलग-थलग छोड़ दिया था। फिर उसे यह भी लगा कि बारिश का होना मुश्किल वक़्त की गिनती में शायद न आए। अलबत्ता जानकी ने चौतरफ़ा फैली गंध की बात शुरू कर दी। जिस विस्तार से उसके मन में यह ख़ुशबुएँ पसरी थीं उसी विस्तार से वह बताना चाह रही थी। बाक़ी सबने सुनना जारी रखा लेकिन जिस रफ़्तार से वो गंध को स्वीकार रहे थे और पहचाने भी जा रहे थे, उससे जानकी को लगा कि इतने ब्योरों की ज़रूरत शायद नहीं है।

अमनदीप के घर पहुँचते-पहुँचते शाम के पाँच बज गए थे। जगदीश पहले भी उससे मिल चुका है। उसने पाया कि पिछली बार भी दरवाज़ा खोलने के लिए अमन के डैडी आए थे। वो बुजुर्ग हैं। जगदीश ने उनके पैर छुए। उसके झुकते ही तीनों ने एक-दूसरे को देखा। जैसे उन्हें लगा हो कि यह तो पटकथा में नहीं है। फिर भी सबने बारी-बारी से उनके पैर छुए। क़ायदन पहला प्रश्न उनकी तबीयत से जुड़ा होना चाहिए था लेकिन जगदीश ने पूछा, अमन साहब हैं न? अमन की आवाज़ आई, ऊपर आ जाओ। वो बारजे से झाँक रहा था। बाल खोले हुए था। जब सभी कमरे में आ गए तब अमन ने औपचारिक-सा प्रश्न पूछा, आने में कोई दिक़्क़त? यह

पूछते हुए उसने खिड़की से बाहर एक बार फिर झाँका और खिड़की बन्द कर दी। यह प्रश्न उतना औपचारिक भी नहीं था ज़ितना जगदीश ने हँसकर इसे बना दिया था। खिड़की का काँच टूट गया था। अमन ने बैठते हुए बताया कि बीते परसों की रात भी उसके घर पर पत्थरबाज़ी हुई है।

मुकेश अभी ठीक-ठीक बैठ भी नहीं पाया था और जैसे उछल गया, पूछा : पत्थरबाज़ी? आप तो पुलिसवाले हो न सरदार जी? सब चुप रहे। वो बीन बैग पर बैठ गया। कुशल पटकथा पलटने लगा था और जगदीश से पूछा , यह पत्थरबाज़ी स्क्रिप्ट में है? नहीं न?' जगदीश ने इनकार में सिर हिलाया और कहा, 'तुमने पढ़ भी ली?'

कमरे में रोशनी कम थी। गुरुमुखी में छपा एक कैलेंडर पंखे की हवा में फहर रहा था। दीवार पर चन्द तस्वीरें थीं जो तस्वीर होने की वजह से कम, कमरे में पसरे सूनेपन को भरने की ज़रूरत के ग़रज़ से लगाई गई थीं। तीन तस्वीरें उसके परिवार की थीं। एक में उसकी पत्नी और उसकी दोनों बेटियाँ हैं। उसने बताया कि पत्नी और बच्चों को बरेली ज़िले के अपने गाँव भेज दिया है। दूसरे रवायती फ़ोटो में उसकी पत्नी बैठी है और वो उसके कन्धे से लगकर खड़ा है। तीसरे में बहुत से लोग हैं। ये तीनों तस्वीरें एक तरफ़ की दीवार पर थीं। बाक़ी सभी तस्वीरें उसकी नौकरी से जुड़ी लग रही हैं। सात फ्रेम अख़बारों की कतरन के थे। सब में अमनदीप की बहादुरी या इन्हें मिलने वाले पुरस्कारों की ख़बर थी। सबसे ऊपर में 'बभनान डकैती कांड का पर्दाफ़ाश : मास्टरमाइंड मुठभेड़ में ढेर' नामक ख़बर थी। उपशीर्षक देकर लिखा था, 'नौजवान दरोगा अमनदीप की बहादुरी को डीजीपी ने सराहा।' उस कतरन में दो धुँधली तस्वीरें थीं जो समय के साथ मिट-सी गई थीं। एक में अमनदीप का पासपोर्ट साइज़ मुस्कुराती हुई तस्वीर और दूसरी जो इनसेट में थी, उसमें पुलिस जीप

के नीचे एक मृत व्यक्ति था। उन्हें देखते हुए मुकेश ने पूछा, 'पुलिस की नौकरी करते हुए कितने वर्ष हो गए?'

अमन, 'बारह-तेरह।' जवाब देते ही रफ़ीक़ की तरफ़ देखते हुए वो बेसाख़्ता बोल पड़ा, 'ये नियाज़ का किरदार निभा रहे हैं? अगर ये हलकी मूँछें रख लें तो लोग नियाज़ और इनमें पहचान नहीं पाएँ कि असली नियाज़ कौन है।' फिर अमन जगदीश से मुख़ातिब हुआ, 'नियाज़ से मिल पाए थे?'

जगदीश को अपनी भूल का एहसास हुआ और उसने सबका परिचय कराना शुरू किया। परिचय से पहले उसने अमन को बताया कि नियाज़ से तीसरी बार में मुलाक़ात हुई थी वो भी तब जब ओ.के. इंटर कॉलेज के गणित के अध्यापक नसीम सिद्दीक़ी के साथ उनके घर गया था। देर तक बात हुई।

इतना कहते-कहते वो उठ खड़ा हुआ और अपने नए साथियों का परिचय उनकी कुर्सी तक जा-जा कर कराने लगा। उसे यह सब अटपटा लग रहा था लेकिन कहीं से शुरुआत करनी थी। कुशलपाल को कन्धे से पकड़कर हिलाते हुए कहा, सारा कुछ इस भाई की मेहरबानी है। कुशलपाल सिंह, ये आपका किरदार निभा रहा है।

दोनों ने एक-दूसरे को आईने की तरह देखा। कुशल की आँखों में अभिवादन और सम्मान था। अमनदीप अलबत्ता आसन्न भविष्य देख रहे थे। कहा, 'निलम्बित असिस्टेंट सब इंस्पेक्टर अमनदीप। सुधार लीजिए। यार इसे प्रोजेक्ट न कहो, हमारे मतलब मेरे, नियाज़ और अनुराधा के जीवन-मरण का प्रश्न था।'

अमनदीप ने हँसते हुए कहा, 'जब कोई मेरी तारीफ़ करता है तो लगता है मैं अपनी विदाई के कार्यक्रम में बैठा हूँ।'

सब हँसे। जानकी का परिचय देते हुए पहला ही वाक्य उसने यह कहा, 'अनुराधा।'

'और ये रफ़ीक़ सर हैं, नियाज़ का पार्ट निभाएँगे।'

फिर पूछा, 'और वो? गुंडे अमित मालवीय और उसके गुंडों का किरदार? उस स्तर का हरामखोर मिलना मुश्किल होगा।' यह कहते हुए, सबने महसूस किया होगा, अमन की आवाज़ में तुर्शी आ गई थी।

कमरे में एक-दो पल के लिए सन्नाटा छा गया। कैलेंडर भी अपना फड़फड़ाहट रोककर चुप हो गया। बाक़ी चार मेरा चेहरा देखने लगे। जगदीश न सँभालता तो यह सन्नाटा ख़त्म ही न होता। माहौल को सम पर लाने के लिए नाटकीय अन्दाज़ में कहा, 'मैं निभाऊँगा, जगदीश मिश्र।' अमनदीप ने अपनी जीभ दाँतों से पकड़ ली। भले ही निलम्बित हो लेकिन था तो पुलिस का दरोगा ही, उसे भी नहीं याद होगा, आख़िरी बार उसने माफ़ी माँगी होगी। आज उसने कान पकड़ लिए। कान पकड़ना जैसे पर्याप्त न हो, उठकर आया और जगदीश को अँकवार में भर लिया। उस अँकवार में फँसने पर जगदीश को इस विशालकाय शरीर का एहसास हुआ। अमन ने फिर से माफ़ी माँगते हुए कहा, भाई तुम्हें गाली नहीं दे रहा था। जगदीश ने भी कहा, 'हाँ, बिलकुल। आप अमित को गाली दे रहे थे। मुझे क्यों बुरा लगने लगा?' तब जो अमन ने कहा, उससे इन चारों का माथा घूम गया, 'मुझे लगा कि तुम उसका किरदार निभा रहे हो तो गाली कहीं अपने ऊपर न ले लो।' किसी ने कुछ कहा नहीं लेकिन सब एक बार सोचने पर विवश हुए कि लोग अभिनय का क्या-क्या मतलब निकालते हैं। अमन ने बात को दूसरी दिशा देने की कोशिश की और कहा, 'उतने शातिर और चालाक आदमी का किरदार निभा लोगे?' इसके जवाब में जगदीश ने लम्बी एक साँस ली।

बात बदलनी थी। इस ग़रज़ से जगदीश ने ज़िक्र किया, 'कुशल जानना चाहता है, आपमें भीड़ से भिड़ने का साहस कैसे आया?' अमनदीप हँसते जा रहा था। उसकी हँसी में यों तो

काफ़ी कुछ था लेकिन जो सबसे ऊपरी तह पर था वह उसकी उम्र थी। पैंतीस के इर्द-गिर्द होगा। कहने लगा, 'बाज मर्तबा मैं भी यह सवाल ख़ुद से करता हूँ। कैसे भिड़ गया? और अब तो, उसका इशारा शायद निलम्बन की तरफ़ था, यह भी लगता है कि क्यों भिड़ा? क्या मौत आई पड़ी थी? मुझे मालूम होता कि हत्या की यह योजना सुनियोजित है तो शायद मैं नहीं बचाता।'

जगदीश : 'एक आदमी का जीवन बचा लिया।'

अमन : 'और नौकरी चली गई।'

मुकेश : 'आपको यक़ीन है कि निलम्बन की वजह नियाज़ की जान बचाना ही है?'

अमन : 'यक़ीन को मारो गोली। तुम लोग भी जान लो कि खामखाँ के पंगे न लेना। जिसे हम लोग या कम से कम मैं एक मामूली घटना मानकर बैठा था वह आज की तारीख़ में उभरती हुई एक समानान्तर व्यवस्था है। ये दूसरी ही दुनिया के लोग हैं। पुलिस के समानान्तर इनके पास गुंडे हैं। ख़ालिस अपराधी। पहले ये सत्ता सारी हत्याएँ पुलिस से कराती थी अब पुलिस इनके लिए दूसरा निमित्त है।'

जानकी : 'लेकिन यह अपने आप में कितनी ख़ूबसूरत बात है कि जीवन में भी पुलिस समय पर पहुँच जाए और किसी का जीवन, जैसा भी जीवन हो, बचा दे। इसे तो कहानी की तरह, प्रार्थना की तरह, सन्देश की तरह सबको बताया जाना चाहिए।'

अमन : 'जब तक मेरे हाथ में निलम्बन का पत्र आ नहीं गया तब तक मैं भी यही सोचता रहा था। दिखाता हूँ वो पत्र। लेकिन एक बात यह सुनने में आई है कि मोर्चा की राज्य स्तरीय बैठक में दद्दा के बेटे अमित मालवीय की और उसके हरामखोर गैंग की खिंचाई हुई है। इस बात पर हुई है खिंचाई कि एक विधर्मी तो तुमसे मारा नहीं जाता और चाहिए दद्दा को लखनऊ, दिल्ली का टिकट? उस समीक्षा बैठक

के बाद इन लोगों ने मेरा निलम्बन कराया है। ये पुलिस को ही सन्देश दे रहे हैं।'

अमन जब अलमारी के पास गया तब कुशल ने उसकी वर्दी देखी। करीने से टँगी हुई। बुश्शर्ट और पैंट अलग-अलग हैंगर में। अलमारी के ऊपरी ताखे में पगड़ी रखी थी। बँधी हुई पगड़ी। यह कहते हुए कि इस घटना पर नुक्कड़ नाटक करने से पहले इन लोगों को दो-एक बार सोचना चाहिए, अमन ने अपने निलम्बन से जुड़ा आदेश-पत्र दिखलाया। सबसे क़रीब मुकेश था सो उसी के हाथ में वो पत्र गया। अमन ने बताना शुरू किया कि क़रीब आठ वर्ष एक फंड के दुरुपयोग के आरोप में निलम्बन है।

कुशल : 'दुरुपयोग था क्या?'

अमन : 'याद नहीं।'

शाम के वक़्त वहाँ पहुँचना कठिन था। नोमा-बाज़ार से स्वामी देवानन्द डिग्री कॉलेज जाने के सँकरे रास्ते में यह और अन्य कई स्टूडियो थे। यह रास्ता भी सब्ज़ी मंडी होकर जाता था। सहदेव ने कार को उन ट्रकों के पास खड़ा किया जो सुबह इस मंडी में सब्ज़ियाँ लाते होंगे। गाड़ी खड़ी करते और उसे लॉक करते हुए उसने चौतरफ़ा निगाह दौड़ाई। अब आश्वस्त हो लिया तब तेज़ क़दम चलता हुआ मुझ तक आ पहुँचा। इसलिए पहुँचा कि मुझे अकेले होने से डर लग रहा था और यह बात मैंने उससे बताई।

सुहाग स्टूडियो! यथा नाम तथा गुण।

स्टूडियो के भीतर जाने का रास्ता बीच से था और दोनों तरफ़ मलिन शीशे के भीतर ख़ूब फ़ोटो थे। उन फ़ोटो की संख्या बहुतायत में थी जिन पर कम्प्यूटर से अतिरिक्त प्रभाव पैदा किया गया था। रोशनी बहुत थी और काउंटर छोटा था। उस पर एक बुज़ुर्ग सज्जन बैठे हुए थे। भीतर आते हुए उन्होंने दुकान के भीतरी हिस्से की तरफ़ इशारा करते हुए बताया, 'थोड़ी देर इन्तज़ार कर लीजिए।' उन्हें लगा होगा हम तस्वीर उतरवाने के लिए आए हैं।

हिम्मत बाँधकर मैंने ही कहा, 'सर, नियाज़ से मिलना है।'

वो वहीं ठहर गए, जहाँ थे।

उन्होंने मना किया लेकिन आग्रहपूर्वक सारी बात उन्हें समझाई तब जाकर उनके चेहरे से भय ग़ायब हुआ। वे अन्दर गए। सीढ़ियों से जब वे ऊपर चढ़ने लगे तब हमें देखा कि ऊपर भी कुछ है। यही उनका घर था। उनके नीचे आने से पहले जहाँ फ़ोटो उतारा जाता था उस कमरे के भीतर से तीन लोग निकलकर आए। एक स्त्री और उसके साथ एक पुरुष। ये दोनों फ़ोटो

खिंचवाने आए थे। उनके पीछे से एक लम्बा-चौड़ा अधेड़ आदमी निकलकर आया। उन दोनों का बिल बनाया। आधा पैसा अग्रिम लेने के बाद उनको दो दिन बाद आने के लिए कहा। फिर वह हमसे मुख़ातिब हुआ। इससे पहले कि मैं कुछ कहता, सहदेव ने बात सँभाल ली।

यहाँ हो रही देर अखर रही थी। फ़ोन देखा, दो मिस्ड कॉल और दो ही सन्देश थे। फ़ोन और सन्देश दोनों अर्चना के थे।

'अर्जुन किसी भी उलझन में पड़ने से कल तक बचना, प्लीज़। बस कल तक।'

'भइया ने मानवाधिकार आयोग से बात की है, हो सकता है, कल हमारे साथ में वो लोग भी आएँ।'

अगर सामान्य कोई मौक़ा होता तो मैं देर तक सोचता कि इस क़दर अधीर मैंने अर्चना को इससे पहले कब देखा होगा?

सीढ़ियों से नीमअँधेरे में उतरते हुए उस बुज़ुर्ग सज्जन ने इशारे से मुझे बुलाया।

*

ऊपर का हिस्सा बेहद तंग था। नौ गुणे दस या दस गुणे दस के दो कमरे थे। बाहर वाले कमरे में हमें बिठाया। थोड़ी देर बाद अन्दर से वे चार लोग आए। मैं बुज़ुर्ग को पहचानने लगा था। उन्होंने बाक़ियों का परिचय कराया। बुज़ुर्ग औरत नियाज की माँ थी, मेहरुन्निस्सा नियाज़ की बहन थी और ख़ुद नियाज़ था।

शुरुआती दुआ-सलाम के बाद मैंने आग्रह किया कि नियाज़ से अकेले में बात करनी है। जाते-जाते उसकी अम्मी उस पुलिसवाले को अशीषती हुई गईं जिसने इसकी जान बचाई थी।

जब नियाज़ अकेला हो गया तब मैंने उससे बताया, 'अमनदीप तुमसे मिलने पर ज़ोर दे रहा था।' नियाज़ ने बताया कि अमनदीप का फ़ोन आया था। यह भी बताया कि जो मिलने आएगा उसकी मदद से यह शहर छोड़ देना।

'लेकिन यह सब हुआ कैसे? क्यों? और तुम्हारे साथ कोई लड़की भी थी, अनुराधा? वो कहाँ है?'

'मैं भी नहीं समझ पाया, क्यों? आज तक नहीं समझ पाया। उस ग्रुप में दो लड़के मेरे ही साथ बी.एससी. अन्तिम वर्ष के छात्र थे। बस उन्हें कोई मुसलमान चाहिए था। अगर मैं अकेला होता तो भी वे मुझे मार सकते थे।'

'कैसा रहा रिजल्ट?' यह मैंने माहौल को हलका करने के लिए पूछा।

'मैं तो मुतमईन था कि परीक्षा देनी है लेकिन अम्मी अड़ गईं। भाई ने भी मना कर दिया। इस साल पता नहीं मेरा पंजीकरण हो पाएगा या नहीं।'

ऐसे जवाब के बाद कोई क्या तो बोले और क्या चुप रहे। उसी ने बात जारी रखी, 'कॉलेज जाने में डर लगता है।'

'दिल्ली चलोगे?'

जवाब में उसने कुछ भी नहीं कहा।

' 'अभिनय' समूह के लोग ग़ायब हो रहे हैं, मालूम चला ही होगा?'

उसने जो बताया वह मेरे कई बेतरतीब प्रश्नों का जवाब था, 'हाँ, आज सुबह ख़बर पढ़ी थी। हम लोगों का डर दुहरा हो गया है।'

मैंने उसे बताया, 'वो ख़बर झूठी है। रफ़ीक़ और जानकी का कोई लव जिहाद नहीं है। उस ग्रुप के कई लोग ग़ायब हैं।'

'सच-झूठ का मुझे क्या पता लेकिन वे अच्छे लोग थे। जब से उन्होंने मेरे घर का पता जाना, तीन बार मिलने आए। हर बार मुझसे ही मेरा किरदार निभाने के लिए कहा। मैंने इनकार किया क्योंकि मुझसे अभिनय पता नहीं हो पाता या नहीं और दूसरे, मैं डरा हुआ था। नाम के इस्तेमाल के लिए मैंने कोई एतराज़ नहीं जताया। नियाज़ कोई भी हो सकता है। एक दूसरी बात यह भी थी कि जब-जब मैंने रफ़ीक़ को अपने किरदार में देखा मुझे लगता कि मुझसे बेहतर नियाज़ वे हैं। मुझे हर मंचन में ले जाते रहे हैं। मेरे बोलने का, चलने का, देखने का, हर तरह का लहजा उन्होंने जैसे याद कर लिया हो। मुझ पर जब हमला हुआ तब उस ख़ास पल में मृत्यु का भय मुझे उस क़दर नहीं हुआ जितना बाद के दिनों में हुआ जब उसी दृश्य में रफ़ीक़ मास्टर को देखता था। तब मेरी रुलाई फूट पड़ती थी। तीन बार मैंने इस नाटक को देखा और हर बार मुझे लगता कि नाटक के भीतर जो पुलिसवाला है अगर वो पहुँचने में देरी कर दे तब रफ़ीक़ मास्टर सच में मार दिए जाएँगे।'

'लेकिन मंचन तो चार बार हुआ है न?'

'हाँ, पन्द्रह अगस्त को आख़िरी मंचन हुआ था। उस दिन नाटक पूरा नहीं हो पाया था।'

'क्यों?'

'उस नाटक कम्पनी ने पन्द्रह अगस्त को कॉलेज के मैदान में दोपहर के आसपास यह नाटक खेला था। जितनी बार उन्होंने नाटक खेला और हर बार पिछली बार से अधिक भीड़ होती थी। उस दिन भी ठीक-ठाक भीड़ थी। उनका विचार मुझे अच्छा लगा था कि बचाने वाली घटनाओं का अगर प्रचार-प्रसार किया जाए तो लोग दूसरों के जीवन से खेलना शायद बन्द कर दें या मौक़ा पड़ने पर उसे बचाएँ। लेकिन नाटक ख़त्म होने से पहले उन लोगों पर हमला हो गया। पुलिस पार्टी थी फिर भी हमला हो गया।'

'फिर?'

'हमलावरों में मोर्चा वालों को देखकर लग गया था कि ये वही लोग हैं जो मुझे मार देना चाहते थे। नाटक देख रही भीड़ न होती तो पन्द्रह अगस्त इस बार ख़ूनी हो जाता। लोगों ने बीच-बचाव किया इसलिए वो लोग वापस चले गए लेकिन जाने से पहले माइक पर यह घोषणा करते हुए जा रहे थे कि दुबारा इस शहर में यह नाटक नहीं खेला जाएगा।'

यह बात अगर नियाज़ न बताता तब भी अब सब थर्मामीटर के पारे की तरह स्पष्ट हो चुका था। नियाज़ अपनी स्मृति से कड़ियाँ जोड़ रहा था। उसे इन बातों को दुहराते हुए भी डर लगता होगा।

'अमित का चेहरा साफ़-साफ़ याद है। मुझे मारते हुए भी उसके चेहरे पर ग़ुस्सा कम ठंडक अधिक थी। अमनदीप साहब को अल्लाह ने भेजा था वो न होते तो मेरी लाश भी न मिलनी थी। लेकिन उनके आने के पहले सरिया से दो वार वो कर चुका था।' यह बताते हुए उसने अपनी ऊपर से क़मीज़ हटाई। कन्धे के पास की त्वचा फट चुकी थी, उसका घाव बाक़ी था।

जब दिखा लिया तब बड़ी मुश्किल से क़मीज़ को ठीक किया। उसके दिखाने में जो तकलीफ़ हो रही थी उसे देखते हुए मैंने कहा, 'दूसरा घाव हम समझ सकते हैं, ऐसा ही होगा। या इससे भी गहरा है?'

उसके चेहरे पर अजीबोग़रीब मुस्कराहट फैल गई, 'नहीं, आप नहीं समझ सकते।'

'सॉरी, मेरा मतलब यह नहीं था कि मैं घाव देखना नहीं चाहता। तुम्हें तकलीफ़ हो रही थी, इसलिए दिखाने से मना किया।'

'वही मैं भी कह रहा हूँ। नहीं समझ सकते। वो दूसरी चोट जब तक मुझे लगती उससे पहले ही अनुराधा मेरे ऊपर छत की तरह छा गई। उसे कराहने का भी मौक़ा नहीं मिला। अगर मुझे भी चोट लग गई होती तो मैं भी कराह नहीं पाया होता। उस चोट के ग़लत पड़ जाने से हमलावर भी सहम गए। उनके इस सहमने ने जो कुछ मोहलत दी उसमें ही अमनदीप साहब को मुझे बचाने का मौक़ा मिला था।'

'आपने उस लड़की के बारे में पूछा था। सर जी वो लड़की अनुराधा, मुम्बई के इसी अस्पताल में ज़िन्दगी और मौत के दोनों सिरों पर टँगी हुई है।'

*

हम लोग देर तक सन्नाटे में रहे। चलने को हुए तब नियाज़ से पूछा कि अगर मामला अदालत तक जाता है तो क्या वो साथ देना चाहेगा?

वह इस बात का जवाब दे नहीं पाया। इसलिए नहीं कि देना नहीं चाहता था बल्कि इसलिए कि अदालत शब्द सुनते ही उसकी अम्मी ने लगभग शोर मचाते हुए मुझको जाने की ख़ातिर कह दिया।

जब हम दुकान से बाहर निकल रहे थे तब उस बुज़ुर्ग सज्जन ने चेहरे पर कोई शिकन लाए बिना दोनों हाथ जोड़ लिया था।

रात घिर आई थी। सड़क पर बिजली के झालरों को भव्यतम तरीक़ों से सजाया जा रहा था। सीढ़ियाँ, लोग, बाज़ार। दोल मेले में दो दिन बाक़ी था। इस वजह से सड़क पर जाम लग गया था।

शलभ का फ़ोन आ रहा था लेकिन मैंने जवाब नहीं दिया। कई फ़ोन आए। मुझे सच कहूँ तो कुछ भी नहीं सूझ रहा था। इस चौतरफ़ा जगमग के पीछे घना अँधेरा कुछ सूझने-समझने नहीं दे रहा था। बार-बार जफ़र का वह शे'र याद आ रहा था, 'मैं सिसकता रह गया और मर गए फरहाद ओ कैस'। अगर सभ्यता को प्रगति करनी ही थी तो इस ओर करना चाहिए था कि किसी के सामने उसका कोई प्रिय मार न दिया जाए, ग़ायब न कर दिया जाए। डेढ़ सौ वर्षों में हम इतना भी नहीं कर पाए थे। अनसूया के पास जाकर मैं बताता भी तो क्या बताता? यह कि रफ़ीक़ का पता लगाने के साथ हमसे उसके जीवन पर रच दी गई कहानियों का जाला साफ़ करना क्या कभी सम्भव हो पाएगा। उसकी डायरी, उसके नोट्स, पटकथाएँ सब सच बतला रही थीं लेकिन सबकी पहुँच के दायरे में अख़बार थे, पुलिस थी, मोर्चा था, नरमेधी महत्त्वाकांक्षाएँ थीं।

जो काग़ज़ात मेरे बैग में थे और जो अब भी मेरे कमरे में बिछे पड़े थे उनके बीच कहीं इस पूरे नाटक की पटकथा थी। मुझे नींद आ जाती तब मैं यह स्वप्न देखना चाहता कि दोल मेले के दिन रफ़ीक़ और उसके साथी इस नाटक की प्रस्तुति कर रहे हैं। एक पल यह भी आता कि मुझे पहचानने में मशक्कत करनी पड़ती, क्योंकि नियाज़ के किरदार में जो दिख रहा है वह रफ़ीक है या रफ़ीक़ के किरदार में प्रवेश कर नियाज़ का किरदार निभाता हुआ यह मुझ सा कोई है।

*

24/8/15

पाँच सितम्बर को दोल मेला है और अपनी परीक्षा। सम्भावित स्थितियों को देखते हुए, सभी को आज से सारे किरदारों का रियाज़ करना होगा। ऐसा रियाज़ कि अगर अकेले ही ख़ुदा न ख़ास्ता करना पड़ जाए यह नाटक तो करें। कितना अच्छा होगा कि हम सात-आठ लोग अलग-अलग सारे किरदार निभा रहे हों। इस तरह सात-आठ जगहों पर यही नाटक खेला जा रहा हो।

अगर कभी यह नाटक अकेले खेलना ही पड़ गया तो ध्यान रहे, मदारी के खेल की तरह खेलना है। हर किरदार की निशानदेही के लिए एक-एक कॉस्ट्यूम साथ रखो। अमनदीप के लिए पुलिस हैट। मंगल के लिए उसका अँगोछा। अमंगल के लिए हथियार। नियाज़ के लिए किताबें रखना, ध्यान रहे कि विज्ञान का विद्यार्थी है। ज़हीन विद्यार्थी। अनुराधा के लिए दो फूल रखना। एक उसके श्रृंगार के लिए और दूसरा...

मदारियों वाला डमरू आज मैंने पता किया, चार सौ रुपयों का है। हम लोग ख़रीद लेते हैं। पहले ही ख़रीद लेते हैं, क्योंकि बेहतर थाप के लिए उसे कसना पड़ता है और उसे कसने के लिए रस्सी खींचना सीखना होगा।

शुरुआत डमरू से ही करनी होगी और इसमें कोई हर्ज नहीं।

लेकिन डमरू की धुन के लिए लोकप्रिय मुहावरों को रचना होगा।

और आख़िर में, यानी नाटक शुरू करने से ठीक पहले, यह ज़रूर करना कि दर्शकों को बिठाना। मंच तुम्हारा घर है। उन्हें समझाना कि कौन सी कहानी कहने जा रहे हो? उन्हें यह बतला पाना कठिन काम होगा कि बचाने वाले भगवान होते आए हैं।

***

उत्तराखंड के उस बहादुर पुलिस अधिकारी
गगनदीप सिंह के सम्मान में यह उपन्यास,
जिन्होंने एक युवक को
भीड़ के हाथों मरने से बचाया था।